KB104174

태양의 저쪽 밤의 이쪽

태양의 저쪽

함
정
임

글·사진

밤의 이쪽

작가를
따라

작품
현장을
걷다

열림원

| 일러두기 | 인명, 지명 등 외국어의 우리말 표기는 국립국어원 외래어 표기법을 따르되, 통용되는 일부 표기는 허용했다.

그녀는 파리의 지도를 샀다.
그리고 지도 위를 손가락 끝으로 더듬으면서
수도首都의 이곳저곳을
두루 가보았다.

– 귀스타브 플로베르, 『마담 보바리』

| 차례 |

1부

사랑도 인생도 강물 따라 흐르고 12

– 아폴리네르와 로랑생의 센강과 미라보 다리

태양의 저쪽, 밤의 이쪽 26

– 헤밍웨이의 시카고, 킬리만자로, 아바나, 파리

먼 곳을 돌아 그레이트넥에 이르다 46

– 피츠제럴드의 롱아일랜드, 맨해튼, 파리, 남프랑스

잃어버린 시간, 되찾은 파리 66

– 프루스트의 일리에콩브레와 파리

기억, 현기증, 여행의 감정들 84

– 모디아노의 파리와 제발트의 외국

소설 주인공보다 더 극적인 벤야민의 몇 가지 장면에 관하여 92

– 벤야민의 파리, 카프리, 산레모, 그리고 포르부

2부

방랑의 기원, 영원의 거처 **110**
　− 랭보의 샹파뉴, 샤를빌메지에르

여기가 아니라면 그 어디라도 **128**
　− 플로베르의 루앙, 크루아세, 리, 그리고 트루빌

노르망디, 소설의 성좌星座 **152**
　− 플로베르와 모파상의 노르망디 센강과 영불해협

단편소설의 장소들, 장소의 양상들 **162**
　− 멜빌의 맨해튼, 모파상의 에트르타, 헤밍웨이의 공간들

단순한 삶으로의 긴 여정 **172**
　− 키냐르의 브르타뉴

카뮈의 루르마랭에서 박완서를 추억하다 **180**
　− 카뮈의 프로방스, 루르마랭

3부

두 줄기 물결 따라 신화의 언덕으로 196
– 호메로스의 에게해와 트로이

이스탄불, 가까이에서 멀리에서 206
– 파묵의 버스 여행과 케말의 바람부족 연대기

찰나의 봄, 느린 사유 224
– 사색적 삶의 향기와 혁명적 사랑의 욕망

사랑의 은유, 화해의 긴 여정 232
– 라히리와 술닛의 어머니

사소설로 만나는 후지산, 삼경三景 242
– 다자이 오사무의 미사카 고개, 가와구치 호수, 그리고 후지산

글쓰기와 애도, 삶에서 문학으로 254
– 바르트의 세르부르와 피레네, 바욘

4부

상트페테르부르크, 백야의 소설 현장 속으로 272
− 도스토옙스키와 고골, 그리고 이장욱의 상트페테르부르크

아름다움에 빠지고, 아름다움에 죽고 290
− 토마스 만의 베네치아

순백을 향한 혼의 엘레지 300
− 한강과 박솔뫼의 광주

새로움을 도모하는 방식, 또는 장소 308
− 에코와 김엄지, 그리고 오한기의 환상 공간

해변의 노벨라 파라디소 318
− 피서지에서 짧은 소설 읽기

생生의 바다, 쪽배의 환각 326
− 김채원과 나, 정릉과 광화문 사이

에필로그 334
참고 및 인용 도서 339

- 아폴리네르와 로랑생의 센강과 미라보 다리
- 헤밍웨이의 시카고, 킬리만자로, 아바나, 파리
- 피츠제럴드의 롱아일랜드, 맨해튼, 파리, 남프랑스
- 프루스트의 일리에콩브레와 파리
- 모디아노의 파리와 제발트의 외국
- 벤야민의 파리, 카프리, 산레모, 그리고 포르부

1부

사랑도 인생도 강물 따라 흐르고

:

아폴리네르와 로랑생의 센강과 미라보 다리

미라보 다리 아래 센강은 흐르고

파리 서쪽 미라보 다리 근처에 체류한 적이 있다. 춥고 음울한 겨울이나 라일락꽃 피어나는 초여름이나 거리마다 은방울꽃을 파는 오월이나 센강 둑을 걸으며 미라보 다리 쪽을 바라보고는 했다. 아폴리네르와 로랑생이 내 머릿속에 없었다면 그쪽으로 고개를 돌리는 일은 거의 없었을 것이다. 가장 오래된 퐁네프(Pont-neuf, 뜻은 '새로운 다리'지만 센강에서 가장 오래된 다리)부터 최근의 보부아르 다리까지 센강에 놓인 다리들은 많았다. 이들 중 내가 강을 건널 때 선호하는 다리들이 있었다. 퐁데자르(예술교)에서 바라보는 퐁네프나 반대로 퐁네프를 건너면서 퐁데자르를 바라보는 풍경을 좋아했고, 오르세 미술관과 오랑주리 미술관을 잇는 솔페리노 다리, 위로는 6호선 전철이 지나가고 아래로는 자동차와 사람이 지날 수 있도록 건축된 비르아켐 다리를 좋아했다. 이들에 비하면 미라보 다리는 일부러 찾아가지 않으면 여간해서 닿는 일이 없었다.

어느 해 봄 파리에서 좀처럼 만나기 어려운 전시회가 열렸다. 16구 마르모탕 모네 미술관에서 마리 로랑생의 그

● 미라보 다리.

림들을 총망라해 선보였다. 프랑스에서는 거의 처음 열리는 특별전으로 그녀의 백여 점의 작품들이 한자리에 모였다. 마르모탕 모네 미술관은 마르모탕 가문의 인상파 컬렉션을 소장하고 있는 곳으로, 특히 〈인상, 해돋이〉를 비롯해 클로드 모네의 작품을 집중적으로 수집한 까닭에 '마르모탕 모네'라고 명명되고 있다. 에펠탑과 미라보 다리 사이에 위치한 15구의 작은 아파트에 체류하던 나는 마리 로랑생의 전시를 보기 위해 삼월과 사월 두 차례 센강을 건넜다. 그중 한 번은 미라보 다리 위를 걸어서 갔다. "미라보 다리 아래 센강이 흐르고……." 대학 시절 외웠던 시를 음송하며.

미라보 다리 아래 센강이 흐르고

나는 다시 우리 사랑을

기억해야 하네

기쁨은 늘 슬픔 뒤에 오는 것

－ 기욤 아폴리네르, 「미라보 다리」 중에서

파리에 온 여행자가 미라보 다리를 찾는다면 그는 필시

마르모탕 모네 미술관에서 열린 마리 로랑생 전시와
아폴리네르가 살았던 생제르맹 거리 202번지 집.

아폴리네르의 이 시를 아는 사람일 것이다. 단지 아는 것에 그치지 않고 시의 한 구절을 읊조릴 정도로 문학 애호가일 것이다. 볼 것 많은 파리의 수많은 관광지 중에 파리 서쪽 센강의 한적한 미라보 다리를 찾는 사람은 많지 않기 때문이다. 거기까지 당도한 사람이라면 다리 위에서 흘러가는 강물을 내려다보며 이 시를 낳게 한 주인공 마리 로랑생의 이름을 떠올릴 것이다. 아니, 어쩌면 그 사람은 로랑생으로부터 거기에 이르렀는지도 모른다.

서로 손잡고 얼굴 마주 보고
우리 두 팔로 만든
다리 아래로
하염없는 눈길에 지친 물결 흘러만 가는데
 - 기욤 아폴리네르, 「미라보 다리」 중에서

「미라보 다리」는 아폴리네르가 자신의 시의 뮤즈이자 예술적 동지였던 마리 로랑생과 헤어진 직후 쓴 시다. 시를 둘러싼 두 사람의 사랑과 이별, 그리고 그 후의 드라마틱하고 비극적인 생애가 발표 당시 독자들의 뜨거운 관심을 끌었고, 지금까지 회자되고 있다.

시에 새긴 사랑의 추억과 실연의 슬픔

아폴리네르는 왜 파리의 다른 아름다운 다리들을 두고 하필 이 미라보 다리를 대상으로 사랑의 추억과 실연의 아픔을 노래했을까. 마르모탕 모네 미술관으로 마리 로랑생을 만나러 가기 위해 미라보 다리를 건너면서 막연히 머릿속으로만 그려보았던 두 공간, 센강을 사이에 두고 있던 두 사람의 공간을 직접 찾아 나섰다.

내가 처음 미라보 다리를 일부러 찾아간 것은 이십 대 후반, 첫 소설집을 출간한 직후였다. 퐁네프나 퐁데자르는 주위의 건축물들과 어울려 보는 순간 아름다움이란 무엇인가를 깨닫게 하는 것에 비해 미라보 다리는 멀리에서 볼 때는 다소 밋밋하게 보였다. 그런데 다리를 건너면서 강물을 내려다보기 위해 난간 아래로 고개를 떨구고 보니, 암녹색 철제 난간에 아름다운 인물 형상 조각들이 눈길을 끌었다. 이 조각들이 파리와 강의 항해, 풍요와 상업을 의미하는 네 가지 알레고리라는 것은 훗날 알게 되었다. 당시 나의 관심사는 다리의 역사나 건축양식보다는 마리 로랑생과 관계된 것에만 쏠려 있었다. 내 첫 소설집의 작품 해설도 로랑생의 그림을 묘사하는 것으로 시작되었다.

한 신인의 창작집이란 초승달과 흡사하다. 눈썹처럼 가느다란 윤곽이 그러하고, 애벌레 모양의 숨소리가 그러하며, 아직 그의 이웃인 다른 별들의 빛을 식별하지 못하는 점에서 그러하다. 그러나 무엇보다 그는 보름달을 그 자체로 머금고 있기에, 마리 로랑생의 당나귀와 새와 여우와 함께 있어도, 또는 청색 홍색 녹색 한가운데 놓여 있어도 어색하거나 부끄럽지 않다.
  – 김윤식, 「거짓 자전적 우화 만들어내기, 또는 소설 쓰기의 기원」(『이야기, 떨어지는 가면』 작품 해설) 중에서

사랑의 가교는 시가 되고 그림이 되고

마리 로랑생은 20세기 초 여성화가가 희귀했던 파리 화

단에 등장했다. 입체파에도 야수파에도 뚜렷한 이름을 새기지 않았다는 이유로 장 콕토가 '불쌍한 암사슴'이라 부르기도 했지만, 활동 초기에는 센강 북쪽 몽마르트르를 근거지로 하는 입체파의 일원이 되어 다국적 예술가들과 어울렸다. 몽마르트르의 바토 라부아르(삐걱거리는 세탁선이라는 의미로 가난한 피카소의 아틀리에 별칭)를 중심으로 입체파를 형성했던 피카소와 쌍을 이루어 센강 남쪽 몽파르나스에는 마티스를 중심으로 한 야수파가 기반을 다지던 시기였다. 이탈리아 출신의 아폴리네르는 새로운 시의 시대를 열어갈 힘을 모으면서 몽마르트르의 피카소와 연대해 예술운동을 도모해나갔다. 그 과정에서 만난 인물이 마리 로랑생이다. 둘은 1907년 바토 라부아르에서 만나 1912년까지 오 년간 연인으로 지내면서 예술적 동반자 역할을 했다. 한동안 동거하기도 했지만, 원래 로랑생은 미라보 다리 건너 16구 오퇴유에 살았고, 아폴리네르는 6구 생제르맹데프레에 살았다. 서로를 향해 달려가고 달려오던, 한 몸으로 붙어 걷다가 입맞춤을 하고, 두 손을 맞잡고 영원한 사랑의 가교를 맹세했던 곳이 미라보 다리였다. 그러나 사랑의 정의는 영원하나 그 사랑에 개입되는 마음은 수시로 움직이는 것. 서로에게 시가 되고 그림이 되었던 아름다운 사랑은 깨어지고, 시인의 발아래에는 센강의 물결만이 출렁이며 흘러갈 뿐이었다.

> 사랑은 간다 흐르는 이 깅물처럼
>
> 사랑은 떠나간다
>
> 삶처럼 그토록 느리게
>
> 희망처럼 그토록 격렬하게
>
> – 기욤 아폴리네르, 「미라보 다리」 중에서

마리 로랑생 회고전을 보고 온 주말, 생제르맹데프레의 카페 레되마고에 갔다. 카페에 들어서서 늘 하던 대로 두 번째 줄 구석으로 눈길을 던졌다. 자리가 비어 있는 것을 확인하고, 그쪽으로 걸음을 옮겼다. 가방에서 노트북을 꺼내놓으며 웨이터에게 에스프레소 한 잔을 주문했다. 창밖을 바라보니 생제르맹데프레 교회가 한눈 가득 들어왔다. 잠시 밖으로 나가 교회 옆 뜰로 갔다. 얼마 전 프랑스 시 축제 '시인들의 봄' 참석을 위해 파리에 머물렀던 문정희 선생님이 떠올랐다. 뜰 가운데에 있는 아폴리네르 석상과

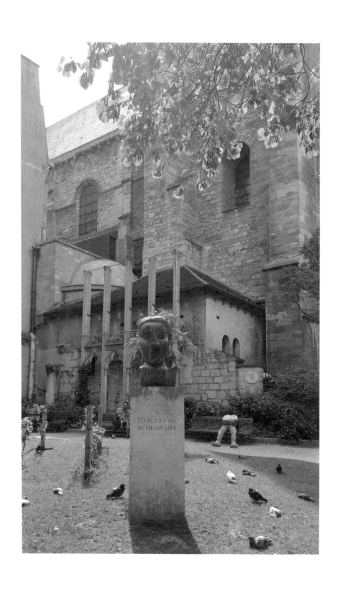

아폴리네르 기념석.
피카소가 시인을 오마주하여 조각했다.

함께 시인의 사진을 한 컷 찍었었다. 파리의 봄 날씨는 춥고 궂어서 시인이 머무는 동안 내내 겨울 코트 차림이었는데, 한 달 사이 가로수마다 연두색 새싹이 번져 있었다. 교회 옆 뜰 벤치에는 연인들이 아폴리네르 동상을 바라보며 샌드위치를 먹고 있었고, 동상 아래에는 연인들이 간간이 던져준 빵 부스러기를 비둘기들이 쪼아 먹고 있었다. 카페 레되마고 쪽으로 발길을 돌려, 그 옆 아폴리네르가 단골로 드나들었던 카페 플로르를 지나, 아폴리네르가 살았던 생제르맹 거리 202번지 집으로 걸음을 옮겼다. 아폴리네르의 시와 로랑생의 시가 앞서거니 뒤서거니 발에 채었다.

하루하루 지나가고 또 한 주가 지나가고
시간도 지나가고
지나간 사랑은 돌아오지 않네
미라보 다리 아래 센강은 흐르고
— 기욤 아폴리네르, 「미라보 다리」 중에서

기욤 아폴리네르는 1880년 시칠리아인 아버지와 폴란드인 어머니 사이에 로마에서 태어나 스무 살에 파리로 와

초현실주의 시인으로 활동하다가 스페인 독감의 여파로 1918년 생제르맹 거리 202번지 집에서 서른여덟 살의 젊은 나이로 생을 마감했다. 독일로 떠났던 마리 로랑생은 훗날 파리로 돌아와 1956년 일흔 살의 나이로 파란 많았던 생을 마감했다.

초현실에서 현실로, 현실에서 예술로

포도농가에서 아낙네들이 바느질을 하고 있다
렌첸 난로를 가득 채우고 커피물을 올려 놓으렴–
저놈의 고양이 따뜻해지니 기지개를 켜네–
게르투르트와 이웃 총각 마르틴이 결국 결혼한대
– 기욤 아폴리네르, 「아낙네들」 중에서

대학 시절 아폴리네르의 초현실주의 시들, 특히 칼리그람 시편들을 애송했었다. 그러나 이즈음 나의 흥미를 끄는 것은 「아낙네들」처럼 소설의 대화를 연상시키는 일상적인 대화체 시다. 반면, 가슴에 새겨진 로랑생의 시는 아폴리네르와의 결별, 독일인과의 결혼 이후 제1차 세계대전을 겪고, 종전 후에도 적국인 독일의 국적으로 프랑스 입국이 금지되었다가, 이혼을 겪으면서 비로소 파리로 돌아올 수 있었던 기구한 운명을 시적으로 토로한 「진정제(번안 제목 「잊혀진 여인」)」다.

> 권태로운 여인보다
> 더 불행한 여인은
> 슬픔에 싸인 여인입니다.
> 슬픔에 싸인 여인보다
> 더 불행한 여인은
> 고통을 겪고 있는 여인입니다.
> 고통을 겪고 있는 여인보다
> 더 불행한 여인은
> 버려진 여인입니다.
> 버려진 여인보다
> 더 불행한 여인은
> 죽은 여인입니다.
> 죽은 여인보다

더 불행한 여인은

잊혀진 여인입니다.

　– 마리 로랑생, 「진정제」 중에서

시간은 흐르고 몇 년 전 가을, 나는 이른 아침 센강으로, 미라보 다리로 향했다. 시는 노래가 되었고, 후렴구는 밤이나 낮이나 입가에 맴돌았다.

밤이 오고 종은 울리네

세월은 가고 나는 남아 있네

　– 기욤 아폴리네르, 「미라보 다리」 중에서

상쾌한 아침, 막 떠오른 신선한 태양 빛이 미라보 다리를 비추고 있었다. 다리 한가운데에 이르러 흐르는 강물을 바라보며 강바람을 맞고 섰다. 이제 누가 시 한 편에 홀려 이 다리를 찾아올 것인가. 누가 이 시의 자리에 서서 사랑했으나 추억이 된 연인의 시와 인생과 예술을 기릴 것인가. 눈부신 태양 아래 에펠탑이 새로운 하루를 시작하고 있었다.

태양의 저쪽, 밤의 이쪽

:

헤밍웨이의 시카고, 킬리만자로, 아바나, 파리

태양의 저쪽, 파리에서 시카고에 이른 길

디트로이트에서 시카고행 비행기에 오를 때까지만 해도 그의 고향 집을 찾아가리라고는 생각하지 못했다. 파리에서 뉴욕으로 건너가 두여 달을 체류하던 중, 열흘 동안 오대호 연안의 디트로이트와 앤아버, 그리고 시카고를 돌아보는 여정에 올랐다. 이들은 오대호 연안의 도시들이지만 앞의 두 도시는 미시간주에 속했고, 시카고는 일리노이주에 속했다. 헤밍웨이는 내가 가는 곳마다 우연찮게 맞닥뜨리는 역동적인 인물이었다. 19세기 작가 발자크와 위고의 족적이 파리와 프랑스 권역에 국한되었다면, 20세기 작가 헤밍웨이의 그것은 세계를 무대로 펼쳐져 있었다. 나는 여러 해 동안 유럽과 미국을 드나들었고 어느 해에는 아프리카로 날아갔는데 거기에서도 헤밍웨이를 만나 그것이 그의 소설 속에서 그대로 연장되고는 했다. 어느 곳은 의도적으로 찾아갔고, 어느 곳은 우연히 눈에 띄어 발견된 곳이었다. 우연한 발견이었다고 해도 내 행동반경이 그의 영역을 벗어나지 않았던 것이니 그와의 만남은 시간문제일 뿐이었다.

● 미시간 호수.

헤밍웨이의 공간을 찾아가려고 생각한 것은 처음 뉴욕에 머물던 여름이었다. 플로리다 마이애미에서 배를 타고 카리브해에 떠 있는 키웨스트섬에 가고자 했다. 그러나 그즈음 멕시코에 닥친 조류독감과 태풍으로 계획은 불발되었다. 이듬해 여름 문학 심포지엄 참석차 아프리카 케냐에 갔고, 킬리만자로의 산록에 이르렀다. 암보셀리는 헤밍웨이가 몇 차례 머물렀던 장소로 바로 그의 『킬리만자로의 눈』의 무대였다. 그리고 몇 년 전 겨울, 역시 문학 행사의 일환으로 멕시코와 쿠바를 방문했다. 멕시코 만류와 대서양, 카리브해의 물결이 어우러지는 마리나헤밍웨이에 머물면서 쿠바에서의 헤밍웨이의 행적을 뒤쫓았다.

코히마르는 『노인과 바다』의 무대로 아바나에서 12km 떨어진 자그마한 어촌이다. 헤밍웨이는 '전망 좋은 농장'이라는 뜻의 핑카비히아에 살면서 어부들과 어울렸고, 십삼 년째 되던 해에 "늙은 어부가 돛단배에서 홀로 나흘 밤낮을 청새치와 싸운다는 줄거리"의 소설을 썼다. 헤밍웨이의 집은 정원이 넓었고 한편에 노인이 탔던 필라호가 자리 잡고 있었다. 그 앞에는 그가 기르던 개와 고양이들의 묘가 조성되어 있었다. 그는 타워형 저장창고를 개조해 꼭

코히마르 화방 벽에 그려진 헤밍웨이와 노인, 그리고 청새치. ●

대기 층을 집필실로 사용했다. 나선형 철제 계단을 밟고 올라가면, 유리로 둘러싸인 집필실 한가운데에 책상이 놓여 있고, 그 옆에 망원경이 있었다. 그는 서서 글을 썼고, 글을 쓰다가 망원경으로 먼 곳을 바라보았다. 망원경은 아바나 시내 쪽을 향하고 있었다. 그는 이곳과 아바나 시내 암보스문도스 호텔 511호에서 글을 썼다. 호텔 511호실은 헤밍웨이 기념관으로 여행자들을 맞이하고 있다. 헤밍웨이가 하루의 글쓰기를 마무리하고 즐겨 찾던 단골 술집 라보데기타델메디오는 어둠이 내리면 손님들로 발 디딜 틈 없이 성업 중이었다. 킬리만자로와 아바나는 헤밍웨이와 그의 소설을 대표하는 장소지만 일반 여행자로서는 쉽게 도달할 수 있는 지역이 아니었다. 이 두 곳을 다녀왔기에 파리와 유럽에 퍼져 있는 그의 족적들에 잠시 무심해졌던 것일까. 나는 잠시 헤밍웨이로부터 벗어나 있었다. 이때 내 앞에 새롭게 등장한 것이 시카고의 오크파크, 그의 태생지였다.

창공을 가로질러 미시간 호수를 건너다

디트로이트에서 암트랙 열차를 타고 앤아버를 거쳐 시카고까지 갈 수 있었으나, 광대한 미국 대륙에서의 열차 여행에 익숙하지 않았던 나는 앤아버에서 디트로이트 공항으로 되돌아와 시카고행 비행기를 탈 수밖에 없었다. 포드와 지엠의 본사가 있는 디트로이트는 과거 미국의 5대 거대도시 중의 하나였으나 내가 방문했던 유월에는 파산 직전의 암흑도시로 변해 있었다. 나는 부랑자와 실직자들이 유령처럼 떠도는 거리로 나가지 못하고, 밤이면 호텔방 창문으로 디트로이트강과 그 너머 캐나다 온타리오주의 윈저시를 밝히는 카지노 불빛을 바라보고는 했다. 디트로이트에서 보낸 나흘은 안타까움과 두려움 그리고 서글픔이 교차하는 묘한 시간이었다. 불안하고 복잡미묘한 감정에 너무 휘둘린 나머지 우여곡절 끝에 앤아버행 암트랙에 올라탔을 때는 어떤 안도감마저 느꼈다. 앤아버는 디트로이트에서 암트랙으로 한 시간 남짓한 거리였으나, 미시간대학교 캠퍼스로 이루어진 앤아버는 디트로이트와는 전혀 다른 분위기였다. 유럽의 한 구역을 옮겨놓은 듯한

다운타운의 식당가에서 오대호에 서식하는 화이트 피시로 저녁 식사를 했다. 오대호는 미시간호와 휴런호를 비롯한 다섯 개의 호수로 이루어진 거대호수다. 내가 맛본 화이트 피시가 미시간호에서 잡은 것인지 휴런호에서 잡은 것인지 확실하지 않았다. 여러 대양의 생선 맛을 기억하는 내게 화이트 피시는 담백할 뿐 깊은 인상을 주지 못했다.

디트로이트 공항에서 시카고까지 암트랙으로는 다섯 시간, 비행기로는 한 시간이 걸렸다. 나는 기내 창으로 호수를 내려다보았다. 그것은 호수라기보다 대양이었고, 거대한 파랑의 세계였다. 곧 착륙한다는 기내방송이 울렸고, 나는 공항에서 찾아갈 미시간 호수 근처의 숙소를 떠올렸다. 그때 헤밍웨이의 짧은 단편 하나가 뇌리에 스치듯 지나갔다.「미시간 북쪽에서」라는 작품이었다. 이는 헤밍웨이가 〈토론토스타〉특파원 자격으로 1921년 파리로 건너가 취재 일을 하며 작가의 꿈을 키우던 시절에 쓴 작품으로, 그의 첫 단편집『우리들의 시대에』에 수록되어 있다. 나는 헤밍웨이가 평생에 걸쳐 쓴 칠십여 편의 단편들 가운데 이 작품을 좋아했다. 헤밍웨이가 이십 대 초반 습작기에 쓴 이 작품은 어린 시절 가족별장이 있던 미시간 호수

북쪽의 야생적인 자연을 무대로 삼았다. 소품이지만 '진실한 문장 한 줄' 쓰기에 치열했던 신인 시절의 작품답게 야성적 에너지와 절제된 문장을 읽을 수 있다.

헤밍웨이 소설의 요람, 북오크파크 거리 339번지

시카고 미시간 호숫가에 여장을 푼 지 나흘째 되는 날 오후, 교외 열차를 타고 오크파크로 향했다. 단순한 여행으로 시카고에 간 것이 아니었기 때문에 주어진 취재를 수행하는 닷새 동안 호시탐탐 오크파크에 닿을 방법을 찾았다. 맨해튼의 마천루와 경쟁이라도 하듯 미시간호를 따라 펼쳐지는 시카고의 초고층 빌딩들은 하나같이 개성적인 건축미를 뽐내고 있었다. 마천루라는 개념이 시작된 곳이 시카고였다는 사실이 새삼 환기되었다. 떠나온 디트로이트의 암울한 환영이 시카고의 번쩍이는 유리빌딩에 투사되었다. 시카고에는 세계적인 다국적기업의 본사가 여럿 있었고, 어디를 가나 창업을 향한 젊고 창조적인 분위기가 넘쳤다. 헤밍웨이와 파리 시절을 공유하고, 한발 앞서 스타 작가가 되었던 피츠제럴드가 『위대한 개츠비』에 등장시킨 시카고의 부호 톰 부케넌만 보더라도 이곳의 경제적 위력을 가늠할 수 있었다.

시카고 시내에서 그린라인을 타고 이십여 분 달리자 오크파크역에 도착했다. 개찰구를 찾아 계단으로 내려가자 익숙한 얼굴이 기다리고 있었다. 헤밍웨이가 태어나고 자란 마을답게 역사 벽에 큼지막하게 확대된 그의 얼굴과 『노인과 바다』 그리고 오크파크의 생가 사진이 함께 전시되어 있었다. 역무원에게 주소를 보여주자 역에서 멀지 않은 거리에 있다고 했다. 역사를 빠져나오자 유월임에도 한여름 태양이 정수리를 뜨겁게 내리쬐었다. 헤밍웨이 박물관과 생가를 향해 북오크파크 거리를 걸었다. 도로표지판 옆에 헤밍웨이 구역이라는 표시가 있었다. 가로수들이 울창했고, 넓은 정원을 거느린 이층주택들이 일정한 간격으로 자리 잡고 있었다. 헤밍웨이 사후 유작으로 출간된 자전에세이 『파리는 날마다 축제』에 따르면, 오크파크는 시카고에서 14.5km밖에 떨어져 있지 않지만 레스토랑에서 주류 판매가 금지되었을 정도로 매우 보수적인 마을이었다.

헤밍웨이의 유년시절을 상상하며 북오크파크 거리를 걷다보니 금세 헤밍웨이 박물관에 이르렀다. 자원봉사자로 보이는 노인들이 박물관 입구를 지키고 있었다. 나는 작가의 생애가 연대기적으로 전시된 박물관보다 그가 세상에 처음 등장한 생가에 먼저 가보고 싶었는데, 마침 빨간색 재킷을 차려입은 백발의 노부인이 박물관에서 나오면서 작가의 생가를 알려주겠다며 앞장섰다. 박물관 건너편에 호텔이 있었고, 1층에 헤밍웨이 비스트로가 눈에 띄었다. 캐나다 출신의 노부인은 전직 교사로 삼십 년째 이 마을에 살고 있으며 박물관을 자주 이용한다고 했다. 노부인의 이야기를 들으며 걷는 사이 339번지 헤밍웨이의 생가에 도착했다. 정원에 두 그루의 고목이 서 있는, 하얀 페인트칠이 된 빅토리아풍의 2층 목조건물이었는데, 지붕 밑 공간까지 합치면 3층에 가까웠다. 박물관에서 연락을 받았는지 노부인이 입구 안락의자에 앉아 나를 기다리고 있다가 아주 느리게 자리에서 일어섰다. 나를 이리로 인도할 때보다 더 연로하고 거동이 불편해 보였다.

헤밍웨이는 1899년 북오크파크 거리 339번지에서 태어나 유년기와 청소년기를 보냈다. 고등학교 졸업 후 제1차

세계대전에 참전해 야전병원 지원병으로 일 년간 이탈리아로 떠난 것을 제외하고 1920년 토론토로 떠나기 전까지이 집에서 살았다. 이 집에서 내가 주목한 것은 1층의 응접실과 서재 그리고 2층의 어머니와 아버지의 방이었다. 응접실에는 예술 애호가였던 성악가 어머니의 취향이 드러나듯 피아노가 놓여 있었고, 의사 아버지가 찍은 가족사진들이 벽과 피아노 위에 장식되어 있었다. 어머니는 헤밍웨이에게 첼로 레슨을 받게 해주었고, 예술에 눈을 뜨게해주었다. 예술가 기질이 강했던 어머니는 여성의 권리에대해 일찍부터 교육받은 인물로 묘사된다. 전장에서 돌아온 스무 살의 헤밍웨이를 그녀가 집에서 내보낸 사건은 잘알려진 사실이다. 그녀는 아들을 고등학교까지 물심양면헌신적으로 지원했고, 이후로는 아들이 독립적인 삶을 살수 있도록 지나칠 만큼 엄격하게 대했다. 어머니가 아들의어떤 행동도 너그럽게 받아들이고 품에 끼고만 있었다면오늘날의 헤밍웨이가 탄생하지 않았을 것이다.

　헤밍웨이가 태어난 빅토리아풍의 이 저택은 외조부의지원과 주도로 지어진 것이었다. 응접실에 이어진 식당 옆에 위치한 서재는 헤밍웨이 가족이 대단한 독서광이었다

북오크파크 거리 339번지 헤밍웨이 생가.
2층 어머니의 침실 옆 작은방에는 아이들의 요람과 침대가,
헤밍웨이의 배내옷도 그대로 보관되어 있다.

는 것을 보여주고 있었다. 외조부는 남북전쟁에 참전했던 전력이 있어 모험과 영웅에 심취했던 인물로 저녁 식사가 끝난 뒤에는 헤밍웨이네 어린아이들을 모아놓고 전쟁담을 들려주고는 했다. 헤밍웨이 소설이 보여주는 예술지향성과 남성적인 모험담은 어머니와 외조부로부터 비롯된 것임을 확인할 수 있는 대목이다. 2층으로 올라가면 어머니의 침실 옆 작은방에 아이들의 요람과 침대가 놓여 있었다. 여섯 명의 자녀 중 네 명이 이 집에서 태어났고, 의사였던 아버지가 직접 자신의 아이들을 받은 것으로 전해진다. 헤밍웨이가 사용한 아기 옷과 요람도 그대로 보존되어 있었다.

아버지의 침실에는 집도하는 장면의 사진과 의사 가운, 의료기기들과 박제된 새, 인골과 해골이 놓여 있었다. 나는 방에서 나와 계단을 밟고 내려오다가 다시 올라가 아버지의 방으로 들어갔다. 헤밍웨이의 단편 「의사와 의사의 아내」의 한 장면이 떠올랐던 것이다. 마치 취재를 덜 마친 형사의 눈으로 방 안을 면밀하게 돌아보았다. 사냥총은 보이지 않았다. 의사와 아내 그리고 어린 아들 닉이 등장하는 이 작품은 이들 가족의 일상을 보여주는 데 그치지 않고 엽총으로 끝난 부자의 비극적인 최후를 예견하고 있어 섬뜩하다.

> 의사는 헝겊으로 조심스럽게 엽총을 닦았다. 그리고 탄창의 용수철에 대고 탄환을 도로 밀어 넣었다. 그는 엽총을 무릎에 얹어놓고 앉아 있었다. 그는 이 총이 무척 좋았다. (중략) 날이 무더운데도 숲속은 시원했다. 닉이 나무에 기대앉아 책을 읽고 있었다.
>
> – 어니스트 헤밍웨이, 「의사와 의사의 아내」 중에서

『우리들의 시대에』에 수록된 몇몇 단편들에서 헤밍웨이는 오크파크와 미시간 북쪽 가족별장이 있던 왈롱 호수의 야생적인 자연과 인디언 부락 사람들의 에피소드를 다루고 있다. 이들에 등장하는 아버지는 언제나 엽총과 함께 묘사된다. 「인디언 부락」에서 의사 아버지는 난산으로 죽어가는 인디언 아낙을 위해 어린 아들 닉을 데리고 인디언 부락으로 간다. 아버지는 제왕절개수술을 끝내고 아들에게 의사로서의 능력과 보람을 전하는 중에, 뜻밖의 죽음과 맞닥뜨린다. 아내의 고통스러운 수술을 보다 못한 인디언

남편이 자살을 한 것이다. 아버지는 아들을 데리고 온 것을 후회한다. 집으로 돌아오면서 나누는 부자의 대화에는 1928년 엽총으로 자살한 헤밍웨이 아버지의 죽음관이 드러나 있다.

"아빠, 죽는 것은 어려운 일이에요?"
"아니, 꽤 쉬운 일인 것 같구나, 닉. 경우에 따라서 다르겠지만."
두 사람은 배에 올라, 닉은 고물에 앉고 그의 아버지는 이물에 앉아 노를 젓기 시작했다. 해가 언덕으로 막 솟아오르고 있었다.
– 어니스트 헤밍웨이, 「인디언 부락」 중에서

헤밍웨이 소설의 성소, 파리 카르디날르무안 거리 74번지

헤밍웨이의 첫 번째 단편집 『우리들의 시대에』는 1924년 파리에서 처음 출간되었고, 이듬해 미국에서 출간되었다. 이 책에 실린 단편들은 1921년 이후 파리에서 쓰인 작품들이다. 내가 파리에 머무는 동안 발길이 주로 닿았던 거리와 서점, 공원과 카페들은 헤밍웨이가 파리 시절 즐겨 찾던 공간들이다. 그는 신문사 특파원이자 국외 이주자로 1927년까지 파리에 거주하며 첫 단편집 『우리들의 시대에』의 단편들과 첫 장편 『태양은 다시 떠오른다』를 집필 출간함으로써 작가로서 첫발을 내딛었다. 헤밍웨이는 파리에서도 라틴구역이라 일컫는 팡테옹 언덕(생트쥬느비에브 언덕) 주위의 5구와 노천카페와 바들이 즐비한 생제르맹데프레의 6구를 좋아했다. 그는 첫 집은 5구(카르디날르무안 거리 74번지)에, 두 번째 집은 6구(노트르담데샹 거리 113번지)에 얻어 살았다. 미국 작가들의 대모 거트루드 여사를 만난 곳도, 가난한 그에게 책을 빌려준 실비아 비치의 셰익스피어앤드컴퍼니가 있던 곳(당시 오데옹 거리 12번지)도, 세 살 위의 피츠제럴드를 만난 곳도, 참전 경험이 있는 아일랜드, 영국, 미국 국적의 젊은 작가들과 '로스트제너레이션(잃어버린 세대)'의 핵심으로 술과 춤, 파티로 밤을 보내며 어울린 곳도 이 구역이다.

이처럼 그의 족적을 특별히 쫓지 않아도 5구와 6구를 오가다보면 헤밍웨이의 이름과 자주 마주치게 된다. 그중

파리 5구 오데옹 거리 12번지.
헤밍웨이에게 책을 빌려주고 후원해준 옛 셰익스피어앤드컴퍼니.
영문서적을 전문으로 하는 서점 겸 책 대여점이었던 이곳은
당시 영미 작가들의 사랑방 역할을 했다.

하나가 팡테옹 언덕으로 올라가는 여러 갈래의 길 중 카르 디날르무안 거리 74번지다. 이곳은 내가 자주 드나들던 콜 레주드프랑스(1530년에 왕명으로 설립된 프랑스 국립 고등 교육 기관)에서 몇 걸음 거리에 위치해 있어서 무프타르 골목의 식당가로 점심 식사를 하러 갈 때면 어김없이 그의 집 앞을 지나게 되었다. 그럴 때면 나는 발길을 멈추고 3층 창문을 올려다보고는 했는데, 이곳은 헤밍웨이가 해들리와 결혼해 파리에 정착하면서 처음 세 들어 살던 아주 작은 신혼집이었다. 파리의 미국인인 그가 이곳에 살면서 가장 처음 시도한 것은 시카고 오크파크의 집과 자연 그리고 사람들을 반추하고 소설 속에 되살리는 일이었다. 그런 의미에서 이곳은 파리에 찍힌 헤밍웨이의 수많은 족적들 중 내가 가장 기리는 곳이었다. 작가의 꿈을 안고 파리로 건너와 오직 '진실한 문장 한 줄'을 쓰기 위해 나날을 바치던 작가 지망생 헤밍웨이의 창작혼이 깃든 성소였기 때문이다. 헤밍웨이는 『파리는 날마다 축제』에서 "파리, 내 청춘의 도시, 우리는 가난했지만 행복했다"고 술회했는데, 이 문장은 카르디날르무안 거리 74번지 벽에 새겨져 있다. 파리의 장소들을 기념하는 협회에서 소개하는 다음과 같은 문구와 함께.

　　이 구역은 어니스트 헤밍웨이가 어디나 좋아하던 곳으로, 그의 작품과 문체가 탄생한 바로 그 공간이다. 그는 이웃들과 가깝게 지냈는데, 특히 근처 댄스홀 주인과 그러했다.

파리 5구 팡테옹 언덕, 카르디날르무안 거리 74번지. 해들리와의 신혼집.
'진실한 문장 한 줄' 쓰기에 나날을 바치던 헤밍웨이 소설의 출발점. ●

먼 곳을 돌아 그레이트넥에 이르다

:

피츠제럴드의 롱아일랜드, 맨해튼, 파리, 남프랑스

롱아일랜드 레일로드, 그레이트넥을 향하여

그해 여름, 오전 10시 50분, 맨해튼 34번가 펜역에서 롱아일랜드 포트워싱턴행 열차에 올랐다. 목적지는 이스트강을 건너 퀸스와 플러싱을 지나 그레이트넥. 일명 롱아일랜드 레일로드LIRR, Long Island Rail Road. 맨해튼과 롱아일랜드를 잇는 통근 열차 노선이다. 맨해튼 서쪽 허드슨강 건너 팰리세이드파크에 머물던 내가 동쪽의 노선을 따르기 위해서는 하루 여행을 감행해야 했다. 하루면 맨해튼과 한 시간 거리에 있는 롱아일랜드의 와이너리에도 닿을 수 있었고, 대서양 연안에 톱니바퀴처럼 곳들이 들쑥날쑥한 해안가의 그림 같은 저택도 순례할 수 있었다. 그러나 그날의 내 목적지는 와이너리도 해안가 저택도 아닌, 그레이트넥에서 개츠비라는 허구의 인물을 상상한 F. 스콧 피츠제럴드의 집이었다.

그레이트넥으로 가기 위해서는 몇 가지 선행작업이 필요했다. 5월 24일, 번개 치는 폭우를 뚫고 맨해튼 34번가의 상영관(AMC Leuws 34 Street 14)으로 바즈 루어만 감독의 〈위대한 개츠비〉(2013)를 보러 갔다. 7월 3일, 내리쬐는 폭

염 속에 지인의 자동차로 스무 살 어름의 피츠제럴드가 학생 문사로 필명을 날리던 뉴저지 남서쪽 끝에 위치한 프린스턴대학교의 캠퍼스로 떠났다. 그리고 유월의 여러 날들, 스물세 살의 피츠제럴드가 젤다와 함께 보스턴에서 워싱턴 D.C.를 거쳐 남부에 이르렀던 자동차 여행 노선에도 일부 발을 들였고, 틈나는 대로 '세계의 수도'로 불리는 뉴욕 맨해튼의 마천루와 거리들로 나서고는 했다. 피프스에비뉴 패션가와 매디슨에비뉴, 타임스퀘어가 있는 42번가를 비롯한 인근의 40번대 길들, 4번가와 그랜드센트럴터미널, 이스트강 변과 플라자 호텔 근처를 숨바꼭질하듯 돌고 돌았다. 플라자 호텔은 『위대한 개츠비』에서 개츠비의 최후를 향한 결정적인 순간을 제공하는 공간이다. 피츠제럴드는 1922년 9월 그레이트넥에 집을 구하기 전에 이 호텔에 머물렀다. 개츠비의 동선을 따라 떠돈 지 두어 달, 뉴욕을 떠나기 전날, 비로소 개츠비의 이웃이자 관찰자인 닉이 알려준 대로 "뉴욕에서 동쪽으로 곧장 뻗어 있는 길쭉하고 너저분한 섬" 중간에 있는 그레이트넥으로 향했다.

플라자 호텔. 피츠제럴드가 그레이트넥에 집을 구하기 전 체류했던 곳.
소설에서 개츠비와 데이지를 둘러싼 인물들이 모두 모여 파국으로 치닫는 결정적 공간.

그 집은 뉴욕에서 동쪽으로 곧장 뻗어 있는 길쭉하고 너저분한 섬에 있었다. 이 섬에는 자연의 진기한 현상들이 많지만, 그중에서도 특히 이상한 두 개의 지형이 있다. 뉴욕 시에서 30킬로미터쯤 떨어진 곳에 거대한 달걀 모양을 한 한 쌍의 땅덩이가 있는데, 이름뿐인 만에 의해 서로 갈라져 있을 뿐 그 모양새는 똑같다. 그리고 이 한 쌍의 땅덩이는 서반구에서 가장 온순한 해역, 곧 롱아일랜드 해협이라는 거대한 뒷마당을 향해 툭 튀어나와 있다. 그것들은 둘 다 완전한 계란형은 아니고, 저 콜럼버스의 달걀처럼 내륙에 붙어 있는 아랫부분이 둘 다 납작하게 짜부라져 있었다. 그렇기는 하지만 두 곳의 생김새가 놀랄 만큼 똑같았기 때문에, 그 위를 날아다니는 갈매기들도 자주 혼란을 일으켰을 게 분명하다. 하지만 날개 없는 인간에게 그보다 더 놀라운 것은, 모양과 크기를 제외하면 그 밖의 면에서는 비슷한 점이 하나도 없다는 것이다.

－F. 스콧 피츠제럴드, 『위대한 개츠비』 중에서

펜역에서 출발해 그레이트넥역에 도착한 것은 11시 40

분. 이 역으로 말하자면, 당시의 흐름에 맞춰 증권계에 입문하려고 동부로 온 예일대학교 출신의 청년이자 소설의 화자인 닉 캐러웨이가 육촌지간인 데이지의 남편 톰에게 이끌려 그의 정부情婦 머틀의 맨해튼 아파트에서 광란의 밤을 보내고 롱아일랜드 집으로 가기 위해 추운 지하 대합실에서 반수면 상태로 조간 〈트리뷴〉을 읽으며 열차를 기다리던 곳이다. 열차는 이스트강의 해저터널을 통과해 소설에서는 건설 중으로 소개되는 롱아일랜드 철도를 따라 허름한 동네와 습지들을 지나 사십여 분 달렸다. 열차가 지나가는 철도 주변의 퀸스와 플러싱은 소설에서처럼 여전히 공사 중인 곳이 많아서 어수선해 보였다.

맨해튼의 플라자 호텔과 함께 소설을 파국으로 이끄는 장소인 재의 계곡Valley of Ashes의 형상을 볼 수 있을까 해서 차창 밖 풍경에서 눈을 떼지 않았다. 영화에서 재현된 장면들과 V. F. 시프라이드가 찍은 흑백사진이 뇌리에 박혀 있었다. 피츠제럴드가 이름 붙인 위의 인용에 나오는 두 개의 에그(웨스트에그는 현재 그레이트넥 킹스 포인트, 이스트에그는 현재 맨해셋넥 핸즈 포인트)에 이어 이 재의 계곡은 소설에서 플라자 호텔과 더불어 의미심장한 공간이다. 이 둘은 밤이면 밤마다 호화로운 파티를 여는 개츠비의 그 으리으리한 대저택보다도 서사적인 파괴력을 품고 있는 곳들이다.

개츠비와 그의 첫사랑 데이지, 데이지의 남편 톰 뷰캐넌, 그리고 이들의 관계를 알아가면서 비교적 객관적으로 바라보고 서술하려고 노력하는 내레이터 닉 캐러웨이, 데이지의 친구이자 닉에게 개츠비와 데이지와의 관계를 전해주는 조던 베이커. 이들은 데이지네 집에서 점심 식사 후 두셋씩 자동차에 올라타자마자 맨해튼을 향해 총알처럼 질주하며 이 재의 공간을 통과한다. 그들이 미친 듯이 달려 이른 곳은 맨해튼의 플라자 호텔. 데이지를 사이에 둔 개츠비와 톰 뷰캐넌이 치고받고, 마약과 밀주로 벼락부자가 되었다는 개츠비의 치부가 까발려지고, 물러설 수 없는 대치상태에서 개츠비가 데이지를 데리고 호텔방을 뛰쳐나오고, 극도의 흥분상태에서 롱아일랜드를 향해 광적인 질주를 하다가 결국 머틀을 차로 받아버리는 장소가 바로 이 재의 계곡이다.

웨스트에그와 뉴욕의 중간쯤 되는 지점에서 자동차도

롱아일랜드 레일로드와 그레이트넥역.
'개츠비'라는 허구의 인물이 탄생한 피츠제럴드의 집을 향하여.

로가 마치 황량한 곳에서 빨리 멀어지려는 것처럼 철도와 서둘러 만나 400미터쯤 나란히 달리는 곳이 있다. 이곳이 바로 쓰레기 골짜기다. 잿더미가 밀처럼 자라서 산마루와 구릉과 기괴한 정원으로 바뀌는 환상적인 농장이라고나 할까. 여기서는 쓰레기가 집과 굴뚝과 피어오르는 연기의 형태를 취하기도 하고, 대단한 노력으로 마침내는 잿빛 인간들, 먼지투성이 공기 속에서 희미하게 움직이며 벌써 부서져 가루가 되어가고 있는 인간들의 형상을 취하기도 한다. (중략)

하지만 잿빛 땅과 그 위를 끝없이 떠도는 황량한 먼지의 소용돌이, 그 위로 시선을 옮기면 잠시 뒤에는 안과의사인 T.J. 에클버그 박사의 두 눈이 보인다. 에클버그 박사의 두 눈은 파랗고 거대하다. 망막의 지름이 1미터나 된다. 얼굴은 없고 눈만 있는데, 있지도 않은 콧등 위에 걸린 거대한 노란 안경 너머로 밖을 내다보고 있다. (중략) 하지만 그의 눈만은 햇빛과 비바람에 시달리고 오랫동안 페인트칠을 하지 않아서 좀 바랬지만, 생각에 잠긴 듯 이 장엄한 쓰레기 골짜기를 굽어보고 있다.

　－F. 스콧 피츠제럴드, 『위대한 개츠비』 중에서

열차가 플러싱을 통과하면서 뉴욕 메츠 구장이 눈에 들어왔다. 아마 재의 계곡 어름일 것이었다. 개츠비라는 사내의 무가치한 첫사랑의 순정을 재즈와 패션, 밀주와 마약으로 출렁이던 1920년대 미국의 현실에 투영해 휘황하게 치장한 이 소설에서 유일하게 반전이 창출되는 곳. 개츠비를 죽게 만드는 결정적인 순간, 그래서 닉의 이야기 속에 액자처럼 끼워져 있던 개츠비의 생애가 한껏 부풀어 높이 높이 올라가다가 어이없이 줄이 끊어지는 풍선처럼 허망하게 추락하는 계기가 되는 곳. 톰의 정부 머틀을 차로 받고 그대로 달아난 것은 개츠비가 아니라 바로 데이지였다는 아이러니를 품고 있는 곳.

그레이트넥, 게이트웨이 드라이브 6번지

플러싱을 지나자 습지가 펼쳐졌다. 습지 멀리 만안에 요트들이 백조처럼 떼 지어 떠 있었다. 그레이트넥역은 시골 역처럼 작고 허름했다. 바다는 어느 쪽으로도 보이지 않았다. 역사를 빠져나와 목적지인 게이트웨이 드라이브

6번지에 이르는 미들넥로드의 풍경은 철도변의 퀸스와 플러싱과는 완연 다른 분위기였다. 거리 양쪽에 자리 잡은 상점과 식당들, 거리를 오가는 백인들 모습이 유럽의 작은 부촌을 연상시켰다.

십 분 정도 길이 게이트웨이 드라이브에 당도했다. 잘 가꾸어진 정원과 무성한 고목들 사이사이 저택들이 거리를 두고 펼쳐졌다. 하얀 저택이 눈에 들어왔다. 그 집인가 했는데, 4번지의 빌리지홀(면사무소급의 행정건물)이었다. 빌리지홀을 왼쪽에 끼고 호선형의 도로를 따라 조금 걸어 들어가자 "붉은색과 흰색이 어우러진 조지 왕 시절의 식민지 양식 저택"이 무성하게 가지를 늘어뜨린 고목 아래 조용하게 기다리고 있었다. 그레이트넥 게이트웨이 드라이브 6번지. 풀밭에 젤다가 딸 스코티를 안고 있는 장면이 환각인 양 어른거렸다. 1923년에 찍힌 흑백사진을 본 탓이었다. 젤다와 피츠제럴드의 만남, 아니 데이지와 개츠비의 그것이 오버랩되어 떠올랐다.

데이지는 그가 세상에서 처음 만난 '멋진' 여자였다. 그는 아직도 드러나지 않은 여러 가지 자격으로 그런 부류의 사람들과 접촉하게 되었지만, 그들과의 사이에는 언제나 보이지 않는 철조망이 가로놓여 있었다. 그러나 데이지는 그에게 가슴이 두근거릴 만큼 매력적이고 탐나는 여자였다. 처음에는 테일러 기지의 다른 장교들과 함께 그녀의 집에 놀러 갔지만, 나중에는 혼자서 찾아갔다. 그녀의 집을 보고는 눈이 휘둥그레질 만큼 놀랐다. 그렇게 아름다운 집에 들어가본 것은 난생처음이었다. 하지만 그 집에서 그가 숨막힐 듯 강렬한 분위기를 느낀 것은 그곳에 데이지가 살고 있었기 때문이다.

    − F. 스콧 피츠제럴드, 『위대한 개츠비』 중에서

초목들이 무성하게 자란 정원으로 들어섰다. 주인은 어디에 갔을까. 유럽으로 여름 바캉스를 떠난 것일까. "이듬해 4월에 데이지는 딸을 낳았고, 그 가족은 1년 동안 프랑스에 가 있었어요"라는 조던의 말이 메아리처럼 귓전에 울렸다. 젤다 역시 스코티를 낳고 이 집을 떠나 남편과 함께 프랑스에서 일 년을 체류했다. 의도한 것은 아니었는데, 그레이트넥에 닿기까지 나는 프랑스와 미국에서 피츠제럴드와 젤다의 행로를 몇 년간 뒤따르고 있었음을 깨달

고목이 우거진 그레이트넥 게이트웨이 드라이브 6번지.
피츠제럴드는 이곳에서 『위대한 개츠비』의 집필을 시작했다.

았다. 파리, 코트다쥐르, 맨해튼, 미네소타, 뉴저지의 프린스턴대학교까지.

『위대한 개츠비』는 피츠제럴드가 맨해튼에서 이 집으로 옮겨온 뒤 쓰기 시작해서 남프랑스 코트다쥐르에 체류하며 초고를 완성한 것으로 알려져 있다. 그들 부부는 파리 센강 좌안 뤽상부르 공원 옆에 아파트를 얻어 짧게 체류했고, 대부분은 남프랑스 니스, 앙티브, 쥐앙레펭, 생라파엘로 이어지는 코트다쥐르(알프마리팀이라 부르는 프랑스 지중해의 쪽빛 해안가 휴양도시들)의 호텔과 빌라에 머물렀다. 쥐앙레펭에서는 1925년과 1926년 벨리브 호텔에 장기 체류했고, 니스에서는 프롬나드데장글레(영국인 산책로) 지척에 있는 보리바쥬 호텔에 투숙했고, 생라파엘에서는 미국인 부호의 호의로 빌라마리라는 저택을 얻어 살면서 『위대한 개츠비』의 초고 대부분을 썼다.

위대함의 출처, 개츠비의 탄생

1922년 피츠제럴드가 "새로운 – 놀랍고, 아름답고, 단순한, 거기에 패턴에 얽매이지 않는" 소설을 쓸 결심으로 착수한 이 소설은 경장편에 속하는 얄팍한 분량이지만 출간까지 사 년 가까운 시간이 걸렸다. 개작 수준으로 초고를 완전히 다시 쓴 부분이 많았기 때문이다. 다른 한편으로 작가의 집필 환경을 들여다보면, 이 시간을 순전히 집필에만 바치지 못했을 것이라는 추측도 할 수 있다. 집이든 여행지든 작가에게 딸린 식구가 있다는 것은 집필에 큰 장애다. 내세울 것 없는 중서부 촌놈이 남부 명문가 출신의 미인을 아내로 맞은 대가를 톡톡히 치러야 했던 것이다. 사치스러운 삶에 길들여진 데이지를 연상시키는 아내 젤다와 어린 딸에게 피츠제럴드는 최고의 호화로운 환경을 만들어줘야 한다는 강박관념에 시달렸음을 어렵지 않게 짐작할 수 있다.

집필 및 개작 과정에서 이 소설은 여러 차례 제목이 바뀌었는데, 『위대한 개츠비』라는 제목으로 책이 인쇄되는 순간까지도 피츠제럴드는 다른 제목을 찾고 있었다. 그는 편집자 맥스웰 퍼킨스가 보낸 『위대한 개츠비』라는 제목을 참을 수 없이 못마땅하게 여겼다. 출간이 늦어지더라도 그 제목 대신 『빨강, 하양, 그리고 파랑 아래Under the Red

쥐앙레펭의 벨리브 호텔. 호텔 벽에 미국 작가 피츠제럴드가
아내 젤다와 함께 1925년부터 1926년까지 살았다고 새겨져 있다.

White and Blue』로 바꾸라는 전보를 보낼 정도였다. 그러나 대서양을 사이에 두고 그의 뜻이 전해지기에는 너무 늦었고『위대한 개츠비The Great Gatsby』는 세상에 태어났다. 그러나 작가가 사랑할 수 없는 제목 때문이었는지 피츠제럴드는 그것을 쓰기 시작한 '위대한 넥Great Neck'에서 유례없는 참패를 겪어야 했다. 이십 대 중반에 이미 스타 작가로 이름을 날렸던 피츠제럴드지만 젤다와의 호화로운 생활을 오직 펜에 기대어 충족시킬 수는 없었다.

저택 어디에도 피츠제럴드가 살았다는 표지가 없었다. 그의 연대기 연구자료에서 찾아낸 주소를 들고 찾아가 기웃거리는 나 같은 독자가 가끔 있을 뿐, 고목만이 성하盛夏의 깊은 그늘을 드리운 채, 현관문도 창문들도 굳게 닫혀 있었다. 십여 분 집 앞을 서성이자 육중한 풍채의 백발노인이 마을 안쪽 길에서 걸어왔다. 그리고 (묻지도 않았는데) 나를 보고 대뜸 "개츠비?!" 하고 말을 걸었다. 그는 자신이 근처에 산다고 밝혔다. 그 집은 현재 이탈리아인이 사서 리모델링을 한 상태라고도 알려주었다. 이곳은 세금이 너무 비싸다고, 주민들이 집을 팔고 다른 곳으로 이사 가고 있다고, 자신도 고려하는 중이라고 큰 소리로 연이어

말했다. 그는 보청기를 꽂고 있었다. 개츠비, 아니 피츠제럴드에 대한 자세한 내용보다는 이 마을의 사정에 대해서 들었다. 내 물음에는 동문서답으로 몇 마디 짧게 대답하더니 다시 한번 "개츠비!" 하고 엄지손가락을 치켜 보였다. 노인과 빌리지홀까지 걸었다. 노인은 내처 자신의 집으로 걸어가고, 나는 뒤돌아 피츠제럴드가 한때 살았던 집으로 걸어갔다. 노인이 '피츠제럴드'가 아니라 '개츠비'라고 말한 것이 새삼 되새겨졌다. 참담한 실패 후 피츠제럴드가 두고두고 후회했던 이름 개츠비, 그 여파로 아내 젤다는 정신병원에 들어가고 그 자신은 알코올의존증에 빠져 두고두고 저주했던 이름 개츠비, 그러나 아이러니하게도 그 이름이 오늘 그를 세상에 강력하게 되살려내고 있지 않은가.

롱아일랜드 와이너리에서 주조한 레드 와인과 파스타로 점심 식사를 한 뒤 맨해튼으로 돌아가기 위해 그레이트넥 역으로 향했다. 열차 티켓을 끊고 기다리는 동안 역사를 둘러보았다. 1924년 준공했다는 동판이 외벽에 부착되어 있었다. 그 사실로 미루어 피츠제럴드가 이사 왔을 당시 철도는 한창 마무리 공사 중이었고, 기록에 나와 있는 대로 그는 롤스로이스 자동차를 타고 재의 계곡을 통해 맨해튼을 왕래했을 것이다. 대합실에 들어가니 처음 도착했을 때는 못 본 포스터가 눈에 띄었다. '롱아일랜드 레일로드를 따라 개츠비 맨션 여행'을 알리는 광고였다. 영화 개봉에 맞춰 내건 프로그램인지, 유월에서 팔월 중 매달 1회 진행한다고 했다. 1974년 로버트 레드포드 주연의 영화 〈위대한 개츠비〉에서 "프랑스의 노르망디시청을 본뜬" 대저택으로 등장시켰던 오헤카성을 비롯해 롱아일랜드의 역사적인 저택들을 탐방하는 프로그램이었다. 피츠제럴드는 개츠비의 저택을 프랑스의 노르망디시청을 본뜬 것으로 묘사했다. 하지만 노르망디시청이라는 것은 따로 없다. 노르망디는 주이기 때문이다. 노르망디를 대표하는 시청이라면 주도인 루앙의 시청을 의미할 것이다. 몇 차례 방문했던 루앙, 플로베르와 아니 에르노의 루앙, 역사 벤치에 앉아 루앙 대성당과 시청을 기억 속에 떠올려보았다. 개츠비의 대저택과 루앙시청, 그럴듯했다.

열차 티켓을 꺼내 시간을 확인하고는 닉처럼 벤치에 앉아 깊숙이 몸을 파묻었다. 제목처럼, 개츠비는 왜 위대한가? 『위대한 개츠비』의 첫 장을 펼치면 짧은 헌사가 정면으로 박혀 있다. "다시 젤다에게." 마침내 열차가 선로 저

편에서 달려오고 있는 것이 보였다. 대낮인데도 헤드라이트 불빛이 터졌다. 밤마다 개츠비가 집 앞 잔교에서 바라보던, 데이지네 집 앞 잔교 끝에서 반짝이던 초록색 불빛처럼 아련했다. 열차는 정시에 맨해튼을 향해 그레이트넥 역을 떠났다.

● 남프랑스 코트다쥐르. 피츠제럴드가 사랑한 포구 쥐앙레펭의 해질녘.

잃어버린 시간, 되찾은 파리

:

프루스트의 일리에콩브레와 파리

파리에서 콩브레 쪽으로

봄비가 촉촉이 내리던 일요일 오후, 일리에콩브레 마을에 도착했다. 파리에서 남서쪽으로 115km, 인근 중세도시 샤르트르에서 25km. 인구 삼천 명 남짓의 시골 소읍에 닿기 위해 나는 얼마나 오랜 시간 준비를 해왔던가. 멀리 "마치 양 치는 소녀가 양들을 감싸"고 있는 듯한 모습의 성당과 집들이 눈에 들어오자 오래 찾아 헤매던 잃어버린 시간, 잃어버린 공간을 비로소 되찾은 듯 심장박동이 빨라졌다. 가파르게 뛰는 마음의 속도를 쫓아 속력을 내보려 했으나 시골 2차선 국도에서는 한계가 있었다. 한차례 비가 지나간, 촉촉한 시골길과 벌판을 천천히 둘러보며 마르셀 프루스트가 이끄는 소설의 풍경 속으로 들어갔다.

사방 100리 정도의 거리를 두고 멀리 기차에서 바라보면, 콩브레는 오로지 마을을 요약하고 대표하며 먼 곳을 향해, 마을에 대해, 마을을 위해 말하는 하나의 성당에 지나지 않았고, 또 가까이 다가가서 보면, 성당은 들판 한가운데에서 바람에 맞서, 마치 양 치는 소녀가 양들을 감싸

● 일리에콩브레 생 자크 성당.

듯이, 주위에 모여 있는 집들의 양털 같은 회색 지붕들을 크고 어두운 망토로 껴안고 있었다.

– 마르셀 프루스트, 『잃어버린 시간을 찾아서 1』 중에서

마르셀 프루스트가 이 대목, 아니 이 소설을 구상하고 쓰기 시작한 시기는 1910년 전후다. 백여 년 후, 내가 이 마을을 찾아 목도했던 풍경과 분위기는 놀랍게도 당시 프루스트가 기억을 더듬어 재현한 것과 조금도 다르지 않았다. 나에게 놀라움을 던져준 것은 백 년이라는 시간 차가 전혀 느껴지지 않는 프랑스 시골 소읍의 속성도 속성이지만, 그것을 세밀하게 묘사해놓은 작가의 정밀한 관찰력이다. 마치 펜 끝에 카메라를 장착한 듯, 의식의 촉수에서 그 카메라를 작동하듯, 단어와 단어가 지나가며 만들어내는 문장과 단락에서 장면과 세상이 마법처럼 창출된다. 집과 거리, 마을과 사람들은 오래전부터 거기 그렇게 있어왔으면서도 작가의 시선을 기다리기라도 했듯 어둠 속에서 깨어나 "마술 환등기"처럼 우리 눈앞에 생생하게 펼쳐지는 것이다.

이 콩브레의 집들은 내 기억 속에 일부 남아 있기는 하지만 너무나 깊숙한 곳에, 지금 내 눈에 보이는 세계와는 너무도 다른 빛깔로 채색되어 있어 광장에서 그 거리들을 내려다보던 성당처럼, 내게는 사실 마술 환등기에 비친 모습보다 비현실적으로 보였다.

– 마르셀 프루스트, 『잃어버린 시간을 찾아서 1』 중에서

마르셀 프루스트의 『잃어버린 시간을 찾아서』는 궁극적으로 잃어버린 공간을 찾아가는 회상의 순례. 현재의 시간에서 순간순간 맞닥뜨리는 대상들은 모두 과거의 크고 작은 공간의 역사를 가지고 있으며, 이러한 순간(시간)과 공간은 하나의 장면으로, 나아가 하나의 이야기로 창조된다. 콩브레는 마르셀 프루스트의 공간을 이야기할 때면 제일 먼저 거론되는 장소다. 콩브레는 파리로, 아니 유년으로 통하는 소설의 통로이며, 현실과 허구를 절묘하게 직조한 서사의 원점, 회상의 성소다. 콩브레는 소설의 화자가 어린 시절 부활절 방학 때면 부모를 따라갔던 아버지의 태생지로, 실제로는 일리에를 가리킨다. 그러니까 콩브레와 일리에는 다른 이름의 같은 곳인데, 마르셀 프루스트가 세

계적인 작가의 반열에 오른 뒤, 허구와 실제의 이름이 합쳐져 공식 행정명칭으로 일리에콩브레Illiers–Combray가 되었다. 현실이 수많은 소설을 낳지만, 때로는 소설이 현실을 보완하며 풍요롭게 이끌어가기도 한다. 바로 일리에콩브레의 경우가 독보적이다.

콩브레 주변에서 산책을 하려면 '길'이 두 개 있었는데, 이 두 '길'은 아주 반대 방향에 있어서 우리가 집을 나갈 때면 결코 같은 문으로 나가지 않았다. 하나는 메제글리즈라비뉘즈였는데, 그 길로 가려면 스완네 소유지를 지나가야 했기 때문에 스완네 집 쪽이라고 불리기도 했다. 그리고 다른 길은 게르망트 쪽이었다. (중략) 게르망트는 현실적이라기보다 관념적인 것으로, '길'의 종점과도 같은, 적도나 극지방, 혹은 동양처럼 일종의 추상적이고 지리적인 표현이었다. (중략) 아버지는 늘 메제글리즈 쪽은 아버지가 보아온 것 중 가장 아름다운 평원의 풍경이며, 게르망트 쪽은 전형적인 냇가 풍경이라고 말씀하셨기 때문에, 나는 그 두 길을 서로 다른 두 실체로 간주하며 오로지 정신적인 창조물에만 속하는 일관성과 통일성을 부여했다.

마르셀 프루스트 박물관 전경과
2층 레오니 아주머니 방 한편에 재현된 홍차와 마들렌.

마르셀 프루스트의 『잃어버린 시간을 찾아서』는 총 7부 구성으로, 분량으로 보면 대하소설에 해당한다. 서사의 큰 줄기를 잡을 수 없는 회상이라는 거대한 강물을 방출하듯 끊임없이 시곗바늘을 뒤로 돌리면서 에피소드를 창출해 가는 형국이다. 굳이 소설의 줄거리를 잡아본다면, 위의 인용에서 묘사하듯 스완가와 게르망트가 사람들의 삶과 예술, 욕망과 사랑(또는 정념)으로 요약된다. 여기에서 스완가는 파리 상류 부르주아계급을, 게르망트가는 귀족 세계를 대변한다. 이 두 개의 길 또는 문은 콩브레에서 파리로 이어지며, 관찰하는 화자에 의해 발견되고 기록됨으로써 망각 속에 잃어버린 시간과 공간을 되찾게 된다.

콩브레에서 파리 쪽으로

오랜 세월 파리를 꾸준히 드나들었고, 파리에 대한 책을 썼음에도, 나는 매년 파리를 꿈꾼다. 파리를 꿈꾸고 여행하는 방법은 사람마다, 장르마다, 또 시기마다 다양하다. 그동안 나는 파리 여행안내서보다 작가(소설)나 화가(그림)의 족적을 좇는 방법을 더 선호해왔다. 어느 때는 위고나 발자크를 따라, 또 어느 때는 사르트르나 로댕, 에디트 피아프의 동선을 따라 일정을 잡았다. 그해 파리에 체류하는 나를 이끈 안내자는 단연 마르셀 프루스트였다.

어느 겨울날, 집에 돌아온 내가 추워하는 걸 본 어머니께서는 평소 내 습관과는 달리 홍차를 마시지 않겠느냐고 제안하셨다. (중략) 어머니는 사람을 시켜서 생 자크라는 조가비 모양의, 가느다란 홈이 팬 틀에 넣어 만든 '프티 마들렌'이라는 짧고 통통한 과자를 사 오게 하셨다. (중략) 나는 마들렌 조각이 녹아든 홍차 한 숟가락을 기계적으로 입술로 가져갔다. 그런데 과자 조각이 섞인 홍차 한 모금이 내 입천장에 닿는 순간, 나는 깜짝 놀라 내 몸속에서 뭔가 특별한 일이 일어나고 있다는 사실에 주목했다. (중략) 갑자기 추억이 떠올랐다. 그 맛은 내가 콩브레에서 일요일 아침마다 레오니 아주머니 방으로 아침 인사를 하러 갈 때면, 아주머니가 곧잘 홍차나 보리수차에 적셔서 주

● 일리에콩브레 가는 길. 가까이에서 멀리에서 성당의 뾰족한 첨탑이 보인다.

던 마들렌 과자 조각의 맛이었다. 그것이 레오니 아주머니가 주던 보리수차에 적신 마들렌 조각의 맛이라는 것을 깨닫자마자 온 콩브레 근방이, 마을과 정원이, 이 모든 것이 형태와 견고함을 갖추며 내 찻잔에서 솟아 나왔다.

   – 마르셀 프루스트, 『잃어버린 시간을 찾아서 1』중에서

　세계 어디든 국제공항에는 그 나라의 대표 아이템들이 매장의 진열장을 차지하고 있다. 파리는 세계 예술의 수도, 패션과 그림 및 조각, 건축미학에 상응하는 섬세한 아이템들이 즐비한데, 향수와 와인, 초콜릿과 홍차, 마카롱과 마들렌 등이 대표적이다. 전 세계로 퍼져나간 마카롱의 오리지널은 파리 마들렌 성당 앞 그랑불바르의 '라뒤레'이고, 위 인용에 등장하는 "생 자크라는 조가비 모양"의 마들렌 역시 바로 같은 구역인 마들렌 사원 광장에 있는 페이스트리 전문점 '포숑'이 대표적이다. 프루스트는 센강 기슭의 부촌 파시(당시에는 파리 근교 오퇴유, 현재는 파리시로 수용됨)의 라퐁텐 거리에서 태어나, 이곳 오페라와 마들렌, 샹젤리제 인근 몽소 공원과 콩코르드 구역에서 유년기 이후 전생을 보냈다. 한마디로, 프루스트가 잠에서 깨어나

창문을 열고 내다보는 하늘과 그 아래 거리와 건축물들은 파리에서도 상류층들이 사는 저택으로 전체와 부분이 단아하면서도 정교하게 창조된 격조 높은 예술의 현장 그 자체였다. 프루스트가 파시의 라퐁텐 거리를 떠나 마들렌 성당의 광장에서 뻗어나가는 여러 갈래의 길들 중 말셰흐브 거리 9번지로 이사한 것은 두 살 때였고, 거기에서 이십대 후반까지 산 뒤, 근처 오스망 대로 102번지로 옮겨 가 1906년부터 1919년까지 살면서 『잃어버린 시간을 찾아서』의 대부분을 집필했다. 그곳은 유명한 프랭탕 백화점과 라파예트 백화점 거리이자 오페라 극장으로 이어지는 구역이다.

나는 아침마다 모리스 기둥까지 달려가서는 기둥에 전시된 연극 광고를 바라보곤 했다. 그곳에 예고된 연극이 나의 상상력에 제공하는 꿈들보다 더 행복하고 더 비타산적인 것도 없었다. 연극 제목을 알려주는 글자들과, 동시에 제목이 뚜렷이 보이는, 아직은 풀칠이 마르지 않아 축축하게 부풀어 오른 포스터의 색깔, 이 분리될 수 없는 두 가지 이미지들에 의해 생겨난 꿈들이었다.

– 마르셀 프루스트, 『잃어버린 시간을 찾아서 1』 중에서

마르셀 프루스트를 둘러싼 이러한 예술 자본의 환경은 자연스럽게 파리 사교장의 꽃인 파티로 연결된다. 오스망 대로와 몽소 공원 옆 구르셀 거리의 저택들에서는 밤이면 파티가 열리고는 했던 것이다. 프루스트는 파티를 주관하는 여성들의 초대손님 중 한 명이자 그 자신이 파티를 계획하고 이끄는 호스트였다. 버지니아 울프가 『댈러웨이 부인』을 통해 런던에서의 파티의 의미와 의식을 하루 이야기로 펼쳤다면, 프루스트는 이보다 앞서 파리의 파티 특징을 『잃어버린 시간을 찾아서 2』 2부 「스완의 사랑」에서 세밀하고 생생하게 그려 보인다.

베르뒤랭네서는 저녁 식사에 손님들을 초대하는 것이 아니었다. (중략) 연미복은 금지였다. 다들 '친구' 사이였고 그들이 흑사병마냥 피하는 저 '따분한 자들'을 닮지 않기 위해서였다. 그들은 그 따분한 자들을 아주 드물게 열리는 대연회에만 초대했는데, 그것도 화가를 즐겁게 해주거나 음악가를 알리기 위해서였다. 나머지 시간에는 글자

수수께끼 놀이를 하거나 정장 차림으로 식사를 했으며 어떤 낯선 사람도 이 '작은 동아리'에 끼워 주지 않고 자기들끼리만 했다.

– 마르셀 프루스트, 『잃어버린 시간을 찾아서 2』 중에서

파티는 그의 집 또는 마들렌 사원 앞에서 콩코르드로 연결되는 그랑불바르 근처의 호텔과 카페들로 이어졌다. 콩코르드 광장의 크리용 호텔, 방돔 광장의 리츠파리 호텔, 불로뉴의숲의 르프레카틀랑 등은 그가 드나들던 파티 장소들이다. 이들 중, 리츠파리 호텔에는 마들렌과 홍차의 작가인 그의 이름을 붙인 '살롱 프루스트'라는 티룸과 그의 취향에 따라 실내 가구와 침구가 디자인 배치된 '프루스트의 방'이 현재 운영되고 있기도 하다.

이처럼 마르셀 프루스트가 평생 예술 애호가로, 또 소설가 지망생이자 대중과는 거리가 먼 예술소설의 작가로, 파티와 고급카페의 사교장을 마음껏 누리며 살 수 있었던 것은, 그의 부친이 파리 의과대학의 저명한 교수이기도 했지만, 결정적으로는 증권거래업에 종사하던 그의 유대계 외가의 경제력이 뒷받침되었기 때문이다. 1871년 파시 라

퐁텐 거리의 생가에서부터 1922년 마지막 숨을 거둘 때까지 그가 오로지 소설을 쓰기 위해 파리는 물론 노르망디 해안의 고급 호텔에 장기간 투숙하며 풍족하게 보낼 수 있었던 것은 어머니의 유산 덕분이었다. 그러한 모든 삶의 환경은 플로베르의 『마담 보바리』 이후 프랑스는 물론 세계 소설사에 큰 획을 그은 『잃어버린 시간을 찾아서』의 탄생으로 연결되는 자양분이 되었다.

되찾은 파리, 파리의 프루스트

콩코르드 광장에서 개선문에 이르는 샹젤리제 거리 중 엘리제궁 근처엔 프루스트 이름을 딴 산책로가 있다. 마르셀프루스트알레Marcel Proust Allée가 그것이다. 이곳은 파시, 마들렌, 오페라, 몽소 공원, 불로뉴의숲 등 프루스트와 연결된 파리의 수많은 장소들 가운데에서도 여름날 늦은 저녁 한가로이 거닐기 좋다. 이 프루스트 산책로를 따라 걷다가, 다음 날 새벽 기차를 타고 프루스트가 연주하듯, 아니 채색하듯 공들여 호명한 노르망디와 브르타뉴의 고

마르셀프루스트알레. 콩코르드에서 샹젤리제 대로 우측에 조성되어 있다.
소설에 등장하는 극장이 이 길 끝 숲에 자리 잡고 있다.

장들로 훌쩍 떠날 수도 있을 것이다.

　내 건강이 나아져서, 비록 발베크에서 머물지 않는다고 해도 적어도 한번은 노르망디나 브르타뉴 건축물과 경관을 보기 위해 그저럼 상상 속에서 여러 번 탄 적 있는 1시 22분 기차를 타는 것을 부모님께서 허락만 해주신다면, 나는 우선 가장 아름다운 도시에 내려 보고 싶었다.
　– 마르셀 프루스트, 『잃어버린 시간을 찾아서 2』 중에서

　파리 북부 노르망디로 열차를 타고 가려면 파리 8구 생 라자르역에 가야 한다. 이 열차역은 프루스트가 살았던 8구의 오스망 대로와 몽소 공원과 지척이다. 또한 이 열차역은 클로드 모네와 같은 인상파 화가들이 외광外光, 그러니까 야외의 빛이 일으키는 흔들리는 인상impression을 화폭에 담기 위해 화구를 들고 수시로 드나들던 곳이고, 실제로 모네는 열차가 떠나고 도착하는 플랫폼 장면을 십여 점 이상 연작으로 그리기도 했다. 프루스트는 이러한 인상파의 화법과 매우 밀접한 관계를 맺고 있는데, 그의 소설은 문장으로 포착한 수많은 인상들의 집합체라고 부를 수

도 있다. 실제로 그는 『잃어버린 시간을 찾아서』에 추종자로 등장시킨 예술가(작가, 음악가, 화가) 중 한 사람으로 모네를 모델로 삼기도 했다. 파리는 프루스트의 펜 끝에서 수많은 인상들로 아로새겨져 오늘에 이른다.

프루스트가 일생을 바쳐 복원한 것은 과거의 삶만이 아니라 오늘의 일리에콩브레, 오늘의 파리다. 프루스트와 함께 파리는 이 순간에도 살아 숨 쉰다.

● 파리 16구 라퐁텐 거리 96번지. 마르셀 프루스트 생가 현판.

기억, 현기증, 여행의 감정들

:

모디아노의 파리와 제발트의 외국

누군가 고독이 원인이 되어 소설을 쓰고, 누군가 권태가 원인이 되어 소설을 읽는다. 고독이든 권태든 하루하루 소설을 쓰고, 소설을 읽는 행위는 미지의 세계를 향한 탐구, 모험이다. 미지의 세계는 '기억'에, 모험은 '여행'에 관계된다. 세상 어떤 소설도 이 두 가지, 기억과 여행을 근간으로 삼지 않는 것은 없다.

파트릭 모디아노와 W.G. 제발트는 기억과 여행을 소설로 집요하게 탐구한 작가들이다. 공교롭게도 둘은 거의 같은 시기 1945년과 1944년, 프랑스와 독일에서 태어났다. 파트릭 모디아노는 줄곧 파리에 거주하며 파리를 대상으로 기억의 세계를, 제발트는 영국에 거주하며 유럽을 대상으로 여행의 세계를 서사화했다. 전자는 추리형식을, 후자는 문헌답사방식을 취하고 있다. 현재 두 작가가 독자와 소통하는 양상은 사뭇 다르다. 모디아노는 1970년대 신인으로 등장하던 때부터 독자들의 두터운 신망과 사랑을 받아오다가 2014년 노벨문학상 수상 이후 새롭게 부각되어 광범위하게 호응을 받고 있고, 제발트는 그의 소설을 깊이 그리고 지속적으로 읽는 독자를 의미하는 '제발디언'이 형성될 정도로 전문적인 호응을 얻고 있다. 특히 후자의 경

● 어둠이 내리는 파리.

우, 최근 집중적으로 소설과 산문이 번역 출간되면서 '제발트 현상'이라고 부를 수 있을 정도로 반향이 커졌다.

기억의 연금술, 모디아노의 『어두운 상점들의 거리』

파트릭 모디아노는 '기억의 예술가'로 불린다. 그의 또 다른 별칭은 '21세기의 프루스트'다. 마르셀 프루스트는 파리 출신으로 1906년부터 첫 권 『스완네 집 쪽으로』를 집필하기 시작해 생을 마감하던 1922년까지 십육 년 동안 대작 『잃어버린 시간을 찾아서』(7부 11권, 출간은 1913년부터 1927년까지)를 썼고, 그것으로 20세기 현대소설사에 가장 뚜렷한 획을 그었지만, 노벨문학상은 그를 빗겨갔다.

파트릭 모디아노의 소설세계는 프루스트의 『잃어버린 시간을 찾아서』를 떼어놓고 설명할 수 없다. 23세부터 오십 년 넘게 모디아노가 써낸 삼십여 권의 소설들은 놀랍도록 일관되게 '잃어버린 시간을 찾아서'로 수렴되기 때문이다. 시간은 공간과 불가분의 관계이며, 이 시간과 공간은 바로 기억과 불가분의 관계다. 프루스트가 찾고자 했던 시간이란, 어느 겨울날 외출에서 돌아왔을 때 어머니가 사람을 시켜 가져다준 따뜻한 홍차와 함께 베어 문 마들렌 한 조각이 불러온 '거대한 회상담'의 세계다. 한편, 모디아노가 찾고자 하는 기억이란, 끊임없이 신분을 속이고 떠돌아야 했던 유대계 이탈리아인 아버지와 무명 영화배우인 어머니의 불안정한 생활로 유년의 불안과 결핍이 가져온 '편집증적 기억'의 세계다. 그런데 여기에서 주목해야 할 것은 단순히 한 개인의 유년기 기억의 재구성이 아닌, 독일 점령 상황이 빚은 개인의 불행과 역사적 기억의 문제다.

파트릭 모디아노는 실종과 추적이라는 추리기법을 근간으로 인상파의 점묘법처럼 안갯속 파리의 수많은 거리를 호명하고 과거의 인물을 뒤쫓는 기억의 연금술을 펼쳐왔다. 그에게 주어진 노벨문학상은 백 년 전에 비껴갔던 프루스트를 호명하며 기리는 이중의 의미를 갖는다. 회상으로서의 소설 또는 기억으로서의 소설에 대한 공증인 셈이다.

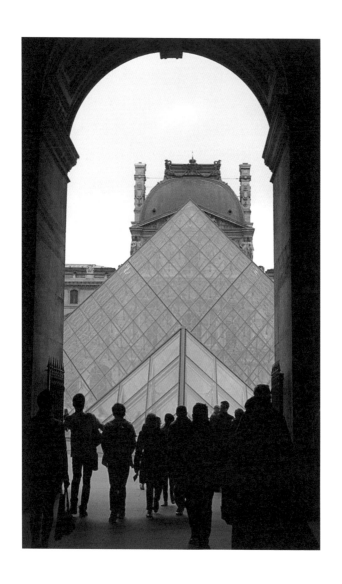

흐린 날, 파리 루브르 피라미드. 모디아노는 실종과 추적이라는 추리기법으로
인상파의 점묘법처럼 안갯속 파리의 거리를 호명하고 과거의 인물을 뒤쫓는다.

여행의 환각, 제발트의 『현기증·감정들』

파트릭 모디아노의 소설은 점령기 부모의 은둔과 부재에서 파생된 개인의 불행한 기억이 역사적 기억의 차원으로 확대되고, 다시 그것이 소설로 환원되는 구조를 갖는다. W.G. 제발트의 소설은 청년기에 독일에서 영국으로 떠나 평생 이민자이자 여행자로 살며 매년 유럽 곳곳을 답사한 결과물을 다양한 자료들(그림, 사진, 화가, 작가, 역사, 공간)과 함께 여행의 형식으로 배치한 서사구조를 띠고 있다.

여행서사는 시간과 공간에 대한 작가의 독특한 해석과 결합방식에 따라 구성되고 제시된다. 제발트의 『현기증·감정들』은 네 편의 소설로 이루어져 있는데, 얼핏 스탕달이나 카프카 같은 공적인 작가의 족적을 따라간 예술기행 같기도 하고, 특정 시대의 역사와 공간에 대한 문헌보고 같기도 하며, 특정 그림이나 작가를 대상으로 한 문예비평 같기도 하다. 46세에 첫 소설 『현기증·감정들』을 발표한 뒤 57세에 교통사고로 돌연 사망하기까지 제발트가 십일 년 동안 발표한 소설은 『현기증·감정들』과 『아우스터리츠』 두 권이다.

단 두 권으로 제발트가 추구한 소설세계의 진실을 충분히 이해할 수는 없지만, 그가 여행의 형식으로 의도한 것은 모디아노와는 다른 기억의 재구성, 무연한 듯 깊이 연루된 역사에 대한 알레고리적 표출로 볼 수 있다. 그는 유럽에 씻을 수 없는 상처를 입힌 가해국 독일 출신 이민자 작가로 죽기 직전 발표한 소설 『아우스터리츠』에서 원죄 문제를 본격적으로 다루기 시작한다. 그가 교통사고로 생을 마감하지 않고 계속 썼다면 그의 소설은 어디까지 와 있을까.

1945년 무렵 태생의 작가들, 프랑스의 파트릭 모디아노와 독일의 W.G. 제발트의 소설들은 점령과 전쟁이라는 부조리한 역사적 사실이 개인의 삶에 얼마나 끈질기게 개입하고 작용하는지 보여준다. 지워지거나 누락된 생의 기억을 추적하거나 추억하는 일은 두려움과 현기증을 동반한다. 핏줄에 관계된 모디아노의 기억은 두려움이고, 위대한 영혼들과의 극적인 만남에 관계된 제발트의 기억은 현기증 나는 환각의 장면들이자 감정들이다. 누군가는 기억이 원인이 되어 소설을 쓰고, 또 누군가는 여행이 원인이 되어 소설을 쓴다. 기억이든 여행이든 소설은 미지의 세계를 향한 사랑, 실험이다.

소설 주인공보다 더 극적인
벤야민의 몇 가지 장면에 관하여

:

벤야민의 파리, 카프리, 산레모, 그리고 포르부

파리―보들레르, 19세기의 수도, 아케이드 프로젝트

일종의 병이라고밖에 내 마음을 설명할 수 없겠다. 파리를 향하는 마음, 보들레르를 생각하는 마음. 지난밤 나는 어떤 꿈을 꾼 것일까. 창밖에는 아침햇살이 가득하고, 밤새 치열했던 꿈은 햇살 속에 흔적도 없이 사라져버렸다. 심증은 분명한데, 실체는 묘연하다. 확실한 것은, 꿈에 나는 일 년 전 어느 날, 누군가에 이끌려 파리의 거리들을 온종일 걸었고, 해질녘 어느 한 지점에 붙박히듯 서 있었다. 묵념을 하듯, 고개를 약간 숙이고, 애도의 마음으로 나는 누군가의 묘석과 마주하고 있었는데, 아마 거기 잠들어 있는 누군가의 이름을 바라보고 있었으리라. 이것이 꿈의 장면인지, 여러 번 찾아가서 익숙해진 기억의 장면인지 가릴 필요는 없다. 중요한 것은 거기, 묘석에 새겨진 누군가의 이름이다. 내가 그의 이름과 마주할 때면 수많은 문장들이 아우성친다.

불꽃으로 가득 찬 눈을 다시 뜨자
나는 내 누옥陋屋의 공포를 발견했다.

● 파리 15구 돔바슬 거리 10번지.
벤야민이 살았던 집.

파리에 관한 한, 가장 행복하고 충격적인 경험은 보들레르를 쫓아가는 것이다. 보들레르야말로 족보에 새겨진 진정한 파리 사람이고, 동시에 평생 파리를 벗어나고자 지독하게 파리를 쓴 '19세기 최초의 이방인'이고, 그것으로 '현대인이라는 새로운 종족'의 기원을 연 존재이기 때문이다. 그런데 곰곰이 생각해보니, 지난밤 꿈에, 아니 일 년 전 수많은 날들, 나로 하여금 파리의 거리를 떠돌아다니게 만든 장본인은 따로 있다. 남프랑스 지중해의 동쪽 끝과 서쪽 끝, 그러니까 스페인과 이탈리아 국경을 넘어 마주쳤던 뜻밖의 장면들 속의 주인공이다. "모든 시대는 다음 시대를 꿈꾼다"고 했던가. 19세기의 파리에 살지 않는 한, 그리고 더 이상 20세기의 파리에 갈 수 없는 한, 두 세기의 파리를 체화한 누군가의 안내를 받을 수밖에 없는데, 몇몇 작가들과 작품들을 꼽자면, 19세기에는 오노레 드 발자크 『고리오 영감』, 빅토르 위고 『파리의 노트르담』, 그리고 샤를 보들레르 『악의 꽃』과 『파리의 우울』이고, 20세기에는 마르셀 프루스트 『잃어버린 시간을 찾아서』, 파트릭 모디아노 『어두운 상점들의 거리』, 그리고 발터 벤야민 『아케이드 프로젝트』다.

파리의 아케이드들은 대부분 1822년 이후 15년 동안 만들어졌다. 아케이드가 등장하기 위한 첫 번째 조건은 직물 거래의 번창이다. 신유행품점 즉 대규모 상품을 가게 안에 상비한 최초의 점포들이 등장하기 시작한다. 이것은 백화점의 전신이기도 하다. 발자크가 "마들렌 성당 광장에서 생드니 문까지 쭉 진열되어 있는 상품들의 위대한 시가 각양각색의 시구를 노래하고 있다"라고 쓴 시대가 바로 이때였다.

ㅡ 발터 벤야민, 『아케이드 프로젝트 1』 중에서

카프리ㅡ아샤 라시스와의 운명적인 만남

꿈의 내용은 아침햇살과 함께 사라졌지만, 뙤약볕과 폭풍우를 견뎌낸 몇 알의 붉은 열매처럼, 내 손 안에 보들레르가 이끄는 파리, 벤야민이 안내하는 파리는 분명해졌다.

때로 현실의 몇 시간, 아니 며칠을 꿈에서 촉발된 장면을 쫓아 살고는 하는데, 청명한 아침 뜻밖에 환기된 벤야민은 세속적인 일들일랑 잠시 제끼고 그동안 끊임없이 파리를 드나들면서 떠돌아다녔던 거리들, 아케이드들, 그리고 도서관들을 되살려내라고 나를 부추겼다. 나는 이런저런 글에, 심지어 소설에까지 개입시킬 정도로 벤야민을 둘러싼 장면들에 사로잡혀 있었다.

프랑스에서 스페인으로 가는 방법은 방향에 따라 여러 가지가 있다. 내가 생각한 스페인 행로는 지중해안선을 따라 피레네 산맥을 통과하는 것이었다. 프랑스 서쪽 끝 페르피냥에서 국경을 넘어가면 만나는 첫 포구, 포르부로의 여행이었다. 포르부나 페르피냥이나 피레네 산맥을 국경 삼아 동과 서로 나뉘어 있지만, 그곳에 사는 사람들은 오래전부터 파에야 냄비에 해산물볶음밥을 만들어 먹고 바닷가 포도밭에서 수확한 포도주를 마시는 같은 피, 같은 기질을 가진 사람들이었다. 특히 포르부는 지도에 지명이 보일 듯 말 듯 가장 작은 단위의 크기로 표기되어 있는 포구마을이었다. 그곳에 가려고 마음을 먹게 된 것은

예술 자본의 현장. 파리 방돔 광장. 벤야민은 나치의 추적을 피해
옮겨 다니며 십삼 년에 걸쳐 보들레르와 파리를 연구했다.

일요일 퐁피두 도서관에 갔다가 서가에서 우연히 뽑아 든 한 권의 책에서 시작되었다. 게르숌 숄렘이 발터 벤야민을 추억하며 쓴 『한 우정의 역사』. 나치에 쫓겨 스페인의 이 자그마한 포구마을 포르부에서 죽은 발터 벤야민을 추도하는 의미로 쓴 이 책의 첫 장을 넘기면 발터 벤야민의 한마디가 박혀 있다. "게르하르트(숄렘), 나는 어쨌든 자네의 이 편지 구절들을 일종의 역사 기록으로 본다네."

  ─ 함정임, 「스페인 여행」 중에서

　행복하게도 나는 우정의 여러 감동적인 장면들을 기억하고 있는데, 이청준과 김현 선생을 향한 김윤식 선생의 우정, 프란츠 카프카를 향한 막스 브로트의 우정, 그리고 발터 벤야민을 향한 게르숌 숄렘의 우정. 이들의 우정은 상호적이며, 지극하다는 데 공통점이 있다. 꿈의 끝자락에서 시작된 아침의 현실은 벤야민을 주인공으로 한 사랑과 우정의 여정이 되었고, 이제 보들레르를 지나 숄렘에게 이르렀다. 그리고 거기에서 급기야 또 다른 뜨거운 이름과 맞닥뜨렸는데, 벤야민의 그녀, 19세기의 수도를 해부해서 자본주의의 실체를 까발리고 자기식대로 재구성하려는 엄청난 포부를 가졌으나 사랑 앞에서는 바보천치처럼 소심했던 벤야민이라는 사내를 꼼짝 못 하게 했던 아샤 라시스였다. 나는 서가 귀퉁이 사진들로 꽉 찬 궤짝으로 달려갔다. 어느 해 여름, 나폴리에서 배를 타고 갔던 카프리섬의 장면들을 오래된 궤의 먼지와 어둠으로부터 햇빛 속에 꺼내놓았다. 1924년 5월과 6월 벤야민은 이 섬에 머물며 『독일 비애극의 원천』을 썼고, 마르크스주의자인 러시아 여인 아샤 라시스를 처음 만났다. 이들의 극적이고도 운명적인 만남은 벤야민의 『모스크바 일기』 옮긴이 서문에 이렇게 소개되어 있다.

난 상점에서 만델(견과류의 일종)을 사려고 했다. 나는 만델을 이탈리아어로 뭐라 부르는지 몰랐고 상점주인도 내가 뭘 원하고 있는지 몰랐다. 이때 내 옆에 서 있던 한 남자가 "친애하는 부인, 제가 도와드려도 되겠습니까?"라고 물었고 난 "네, 부탁합니다"라고 말했다. 난 만델 상자를 받아들고 다시 장터로 향했다. 그 신사가 날 쫓아오더니 물었다. "그 상자를 제가 들어드려도 되겠습니까?" 내가 그를 쳐다보자 그가 말했다. "제 소개를 허락해주시지

요. 저는 발터 벤야민 박사입니다." 난 내 이름을 말해주었다.

— 발터 벤야민,『모스크바 일기』옮긴이 서문 중에서

산레모와 루르드 — 숨 가쁜 도피와 은둔, 그리고 망명의 꿈

꿈에서 시작된 벤야민의 여로는 보들레르와 파리, 라시스와 카프리를 거쳐, 두 개의 국경으로 향했다. 하나는 남프랑스 동쪽 알프스의 바다 쪽 산자락의 국경지대인 이탈리아의 산레모이고, 다른 하나는 남프랑스 서쪽 피레네의 바다 쪽 산자락의 국경지대인 루르드다. 유대계 독일인 발터 벤야민은 나치의 추적을 피해 조르주 바타유가 사서로 재직하던 파리 국립도서관 지하 서고에서 십삼 년에 걸쳐 보들레르와 파리를 연구하는데, 그 결과물이 미완이지만 방대한『아케이드 프로젝트』(1927~1940)라는 저작이다. 그러나 이 집필은 연구실에 붙박여 지속적으로 이루어진 것이 아니라 나치의 추적으로 생사를 오가는 도피생활 속에 이루어진 것이다. 순간순간 목숨을 노리며 조여오는 게슈

프랑스 지중해안 동쪽 국경 너머 이탈리아 포구 산레모.
벤야민은 전처 도라의 집에 은거했다.

타포의 공포 속에 끊임없이 장소를 바꾸며 안정된 연구처를 희구하는데, 그가 마지막으로 걸었던 희망은 미국행 배를 타는 것이었다. 오랜 도피생활로 경제적인 궁핍에 시달린 벤야민은 북유럽과 남유럽을 가리지 않고 은신처를 찾아 떠돌았다. 1934년과 1935년에는 산레모에 체류하면서 파리의 아케이드 연구를 계속하는데, 프랑스 쪽 이탈리아 국경도시인 이 산레모는 이혼한 전처 도라가 살고 있었고, 벤야민은 그녀의 집에서 은둔생활을 했다.

세상에 노출된 벤야민의 마지막 글은 편지다. 그는 산레모 이후, 주로 파리에서 지내다가 게슈타포의 추적이 극에 달하자 미국행을 단행한다. 편지는 1940년 8월 8일 피레네 산간 루르드에서 문학 동지였던 한나 아렌트에게 보낸 것으로 기록되고 있다. 배를 타기 위해 벤야민은 루르드에서 피레네 국경을 넘었고, 1940년 9월 26일에서 27일 사이에 사망한 것으로 전해진다. 한나 아렌트는 한 달 뒤 이 비극적인 소식을 접했다. 그리고 몇 달 뒤 포르부로 벤야민의 무덤을 찾아갔다. 그러나 그녀는 어디에서도 벤야민의 이름을 찾을 수 없었다.

● 프랑스 지중해 서쪽 끝 피레네 국경에 세워진 희생자 추모탑.
●● 희생자 행렬을 기록한 표지판. 절벽 아래 바다와 포구가
벤야민이 비극적으로 생을 마감한 포르부.

묘지는 작은 만으로 이어지는데 바로 지중해에 면해 있어요. 그 묘지는 돌을 깎아 테라스 형태로 조성되어 있었어요. 그 돌벽 속으로 관들도 밀어넣죠. 그곳은 내가 생전에 보았던 가장 환상적이고 아름다운 곳들 가운데 하나였어요.

– 게르숌 숄렘, 『한 우정의 역사』 중에서, 한나 아렌트의 증언

포르부—생사의 기로에서 신비 속으로 사라지다

노란 꽃, 언덕의 노란 꽃, 돌무지 틈에, 바람에, 가만가만, 흔들리는 노란 꽃. 나도 모르게 꽃을 향해 손을 뻗었다. 손이 닿지 않아서 발뒤꿈치를 들었다. 노란 꽃에 손이 닿는 순간, 꽃 너머, 언덕 아래가 한눈에 들어왔다. 가파르게 깎아지른 듯 움푹 들어간 포구에 하얗게 파도가 치고 있었다. 순간, 등 뒤에서 백이 외쳤다. 그 바람에 손에 힘이 들어가 꽃을 툭, 꺾었다. 꽃대를 받치고 있던 돌무더기가 발아래로 굴러떨어져 내렸다. 돌조각을 하나 주워들었다. 붉었다. 등 뒤에서, 백이 다시 외쳤다. 자동차는 길

가에 세워져 있었고, 백은 빨리 오라는 손짓을 한 차례 더
했다. 뛰어가 조수석에 앉자 백이 시동을 걸었다. 귓불에
는 찬 기운이 감돌았다. 그러나 유리창으로 쏟아져 들어
오는 햇살은 따스했다. 자동차가 쏜살같이 언덕길을 달려
내려왔다. 국경을 넘었다. 스페인이었다.

　－ 함정임, 「스페인 여행」 중에서

　몇 년 전, 남프랑스 서쪽 끝 국경도시 페르피냥에 머물
다가, 피레네 산맥을 넘었다. 원래 계획된 여정이 아닌, 순
전히 우연히 이루어진 한나절 여행이었다. 동쪽이든 서쪽
이든 남프랑스의 국경도시에서는 자주 일어나는 일이었
다. 지중해안의 피레네 산간을 돌고 돌면서 포구와 산기슭
마을과 해변의 묘지와 철도역을 지나 국경의 언덕에 이르
렀다. 철제 조형물이 설치되어 있었는데, 분위기가 예사롭
지 않았다. 주차장에 차를 세우고 밖으로 나가보았다. 왼
쪽으로 파도가 하얗게 포말을 일으키며 부딪치는 해안가
포구마을과 철도역이 내려다보였다. 오른쪽으로 고개를
돌리니 비슷한 풍경인데 철도역만 없는, 더 작은 포구마을
이 내려다보였다. 그때는 몰랐는데, 포구에 이르러, 그곳

이 포르부라는 것을 알았다. 위의 대목은 그날의 기이한 느낌을 쓴 것이다. 그날 즉흥적인 반나절 여행의 최종 목적지는 포르부가 되었고, 아비뇽을 거쳐 파리로 돌아왔다. 포르부는 스페인 카탈루냐 지방의 아주 작은 포구로, 스페인에서 보면 국경의 마지막 포구이고, 프랑스에서 보면 피레네 국경을 넘어 만나는 첫 번째 포구다. 어디를 기준으로 하느냐에 따라 마지막이 되기도 하고, 첫 번째가 되기도 한다. 발터 벤야민의 생과 사가 그 사이에 놓여 있었고, 결국 그는 이 포구에서 이승에서의 마지막 숨을 놓은 것으로 기록되고 있다.

포르부는 언젠가는 다시 찾아가야 할 내 미래의 여행지다. 포르부에 다녀온 뒤, 벤야민에 사로잡혔다. 그러나 아렌트처럼, 진실을 다 알고 간들, 그곳에서 벤야민의 이름을 확인할 수는 없다. 바다 쪽으로 툭 튀어나온 포구 기슭 끝자락의 공동묘지에 적혀 있는 벤야민의 이름과 설치물들은 모두 허구다. 오랜 세월 보들레르나 발레리, 카뮈 등의 무덤들을 찾아다닌 나의 경험에 비추어, 때로 실제보다 더 강력한 허구가 창출되기도 하는데, 포르부의 발터 벤야민의 무덤이 그것이다.

여러 해가 지난 뒤 공동묘지 가운데 한곳(아렌트가 본 곳)에 나무 위에 그의 이름을 써놓고 특별히 나무 울타리로 막아놓은 벤야민의 무덤을 볼 수 있었다. 내가 입수한 사진들에서 이 무덤은 실제의 묘지에서 동떨어진 곳에 완전히 홀로 서 있는 모습인데, 이 사진들을 보면 그것은 묘지 관리인들이 그의 무덤을 찾는 사람들에게서 팁을 받기 위해 만들어낸 것임이 분명하다. 그곳을 찾았던 사람들도 같은 인상을 받았다고 내게 얘기해주었다. 틀림없이 그곳은 아름다운 곳이지만 무덤은 가짜다.

   – 게르숌 숄렘, 『한 우정의 역사』 중에서

---

* 이 글의 제목은 발터 벤야민의 『보들레르의 몇 가지 모티브에 관하여』를 차용한 것임을 밝힌다.

- 랭보의 샹파뉴, 샤를빌메지에르
- 플로베르의 루앙, 크루아세, 리, 그리고 트루빌
- 플로베르와 모파상의 노르망디 센강과 영불해협
- 멜빌의 맨해튼, 모파상의 에트르타, 헤밍웨이의 공간들
- 키냐르의 브르타뉴
- 카뮈의 프로방스, 루르마랭

2부

방랑의 기원, 영원의 거처

:

랭보의 샹파뉴, 샤를빌메지에르

프랑스와 벨기에 국경마을 샤를빌메지에르를 향하여

　마침내, 나는 그곳에 당도했다. 두 번 찾아갔는데, 갈 때마다 그곳이 최종 목적지는 아니었다. 첫 번째 방문은 파리에서 출발해 중부 부르고뉴를 거쳐 남쪽으로 내려갔다가 리옹에서 동쪽 알프스로 방향을 틀어 스트라스부르를 거쳐 북쪽 베리덩과 랭스를 지나 국경지대로 나아가는 길이었고, 두 번째 방문은 파리에서 동북쪽 벨기에 국경으로 직행해서 샤를루아와 나무르, 브뤼셀을 거쳐 도버해협 연안의 앤트워프로 나아가는 길이었다. 두 번 모두 샹파뉴의 거대한 황금빛 들판과 검푸른 아르덴숲을 지나가는 행로였다. 샴페인 명가 모엣샹동의 산지인 에페르네라는 푯말을 지나기 훨씬 전부터 사방은 완만한 구릉이 끝없이 펼쳐졌고, 구릉과 구릉 사이 한 줄기 노랫가락처럼 새겨진 오솔길이 눈에 띄고는 했다. 나는 달리는 자동차의 창문을 활짝 열고, 온몸으로 바람을 맞으며, 드넓은 구릉과 수줍은 듯 사라지는 오솔길과 뭉게뭉게 떠 있는 구름을 앞서거니 뒤서거니 시야에서 흘려보내며 휘파람을 불 듯 입술을 모았다. 입술 사이로 귀에 익은 시편들이 흘러나왔다.

● 샤를빌메지에르역.

난 쏘다녔지, 터진 주머니에 손 집어넣고

짤막한 외투는 관념적이게 되었지,

나는 하늘 아래 나아갔고, 시의 여신이여! 그대의 충복

이었네,

오, 랄라! 난 얼마나 많은 사랑을 꿈꾸었는가!

– 아르튀르 랭보, 「나의 방랑」 중에서

랭스 전후, 하늘과 들의 경계가 아득하게 멀리 펼쳐진 샹파뉴의 지평선과 그 사이 경쾌하게 피어오른 뭉게구름들을 이리저리 감상하다가 어느 순간 깜짝 놀랐다. 마치 어제의 일인 양 입가에 흘러나와 중얼거리고 있는 시들, 이들을 품었던 날들로부터 나는 얼마나 멀리 와 있는 것일까. 나는 얼마나 많은 세월을 흘려보낸 것일까. "난 얼마나 많은 사랑을 꿈꾸었는가!" 돌아보기 아득했다.

오 계절이여, 오 성城이여!

상처 없는 영혼이 어디 있으랴!

나는 그 어떤 것도 피할 수 없는

행복에 대한 경이로운 연구를 했다.

두 번에 걸쳐 찾아간 그곳은 바람 구두를 신은 사내로
불리는 세기의 방랑자, 아르튀르 랭보가 태어나고 영원히
묻힌 샤를빌메지에르. 이곳은 파리로부터 동북쪽으로
239km 떨어져 있고, 벨기에 국경과는 10km, 벨기에 수도
인 브뤼셀과는 150km 떨어져 있어 파리보다 오히려 브뤼
셀에 가까웠다. 첫 방문 때에는 샹파뉴의 주도인 랭스에서
여장을 푼 뒤, 다음 날 아침 일찍 샤를빌메지에르로 향했
다. 랭보의 고향마을인 샤를빌메지에르가 아닌 랭스에서
묵은 이유는 스트라스부르에서 출발한 그날의 여정이 길
었던 것도 이유지만, 결정적으로는 그곳에 대성당이 있었
기 때문이다. 파리의 노트르담 대성당, 노르망디의 루앙
대성당, 아미앵 대성당, 샤르트르 대성당, 스트라스부르
대성당, 투르의 생가티앵 대성당 등 나는 탑이나 등대, 다
리만큼이나 대성당의 존재성을 기려왔다. 랭스의 지붕들
이 한눈에 들어오는 대성당 옆 작은 호텔 5층에서 간단히
아침 식사를 마치고 샤를빌메지에르로 출발했다. 한여름
아침 공기는 축축했고 하늘은 금세 비라도 쏟아질 듯 온통

샤를빌메지에르 공동묘지, 랭보 가족묘.
어머니, 여동생과 함께 묻혀 있다. 시인의 묘는 뒤편 오른쪽.

잿빛이었다. 샹파뉴에서 아르덴으로 진입하자 국경지대 특유의 육중하고 무뚝뚝한 분위기가 감돌았다. 스트라스 부르에서 랭스에 이르는 동안 경고처럼 수시로 길에서 마 주쳤던 전적지戰跡地 푯말이 떠올랐다. 아주 오래전 세계사 교과서를 통해 눈에 익혔던 알자스로렌의 지명들이었다. 그 길은 아르튀르 랭보의 아버지 프레데릭 랭보를 군인으 로 이끈 길이기도 했다. 당시 프레데릭은 국경지대에 주둔 중인 군대의 대위로 아르덴과 멀지 않은 프랑슈콩테의 돌 Dole 출신이었다. 여름밤이면 군악대가 마을 사람들을 위 해 역 앞 공원에서 공연을 펼쳤다. 프레데릭 랭보 대위는 공연을 구경 나온 비탈리 퀴프라는 마을 아가씨와 사랑에 빠졌다. 이들은 결혼과 동시에 아이를 가져 연년생으로 아 들 둘을 낳고 이어 딸 둘을 낳았다. 그러나 전시 중인 군인 의 신분이었던 랭보 대위는 가정다운 가정을 꾸리지 못하 고 평생 집 밖에서 떠도는 있으나 마나 한 존재였다. 문학 사는 아버지 없이 자라야 했던 가난한 어린 천재들에게 문 학으로 이끌어주는 스승이 있었음을 명시하고 있는데, 알 베르 카뮈에게는 장 그르니에가, 아르튀르 랭보에게는 조 르주 이장바르가 그런 인물이다.

선생님.

행복하시겠습니다. 선생님은 샤를빌에 계시지 않으니까요!

제가 나고 자란 이 도시는 다른 어떤 소도시보다도 훨씬 황당한 곳입니다. 이 점에 대해 저는 아무런 기대를 가지고 있지 않습니다. 이 도시는 메지에르 옆에 딱 붙어서 차마 눈 뜨고 볼 수 없는 작태들로만 무성합니다. 지금 이 거리에는 이삼백 명의 군인들이 왔다 갔다 하며, 이 기특한 도시 주민들은 적에 포위된 메스나 스트라스부르의 주민 못지않게 겉만 번지레한 기사처럼 체면을 차리고 온통 침을 튀기며 지껄이고들 있습니다. (중략) '멋대로 뒤뚱거려라.' 이것이 제 주의입니다. 모르는 나라에 있는 듯합니다.

– 1870년 8월 25일, 랭보가 이장바르에게 보낸 편지 중에서

편지에서 보듯 중학생 시절부터 랭보는 샤를빌에서 벗어나기를 갈구했다. 샤를빌메지에르는 랭보 시대에 샤를빌과 메지에르가 별개였고, 1966년 행정도시로 통합되었다. 아르덴의 주도이지만 소읍의 규모로 2018년 기준 약 4

만 6천 명 정도의 인구가 살고 있다. 시청 근처 주차장에 차를 세워두고 걸어보기로 했다. 일요일 오전 11시경. 도심을 오가는 사람은 거의 눈에 띄지 않았다. 창마다 덧문이 굳게 닫혀 있었다. 마치 전시 중 군대가 한바탕 쓸고 간 것처럼 정적마저 엄습했다. 마리오네트 축제로 알려진 도시의 모습 같지 않았다. 번화가로 이어지는 골목에 만국기가 펄럭이지 않고 공중에 매달려 있었다. 태극기도 보였다. 도심 한가운데에 이르자 랭보의 이름을 딴 건물이 눈에 들어왔다. 복합건물의 외양인데, 살펴보니 서점이었다. 들어가 도시안내를 받아볼까 했는데 문이 닫혀 있었다. 랭보 서점 사거리에서 레퓌블리크 거리와 나폴레옹 거리 중 어느 쪽으로 걸을까 방향을 보다가 나폴레옹 거리로 걸음을 옮겼다. 두세 걸음 떼자 마침 서점과 연달아 지어진 12번지 건물 외벽에 랭보가 태어났다는 푯말이 눈에 들어왔다.

"장 니콜라 아르튀르 랭보, 시인이자 탐험가, 1854년 10월 20일 이 집에서 태어나다."

시인이자 탐험가. 생가에 새겨진 간단한 생의 이력답게

나폴레옹 거리 12번지, 랭보가 태어난 집.
"장 니콜라 아르튀르 랭보, 시인이자 탐험가,
1854년 10월 20일 이 집에서 태어나다."

랭보 여행지도. 랭보 가족이 살았던 집은 현재 랭보 박물관의
부속건물로 문을 열고 있다. 유럽, 서아시아, 북아프리카에 이르는
랭보의 행로가 첨단 미디어 아트 기술로 전시되어 있다.

랭보는 열여섯 살부터 시를 무기로 세상에 나아가고자 꿈을 꾸었다. 나폴레옹 거리를 주욱 걸어나가자 파리 마레 지구의 보쥬 광장에 이른 듯한 착각에 빠질 정도로 흡사한 건물과 광장이 나왔다. 적벽돌과 석재로 건축된 르네상스풍 저택이 사면으로 넓은 광장의 중심에 서 있는 것이 일품인데 파리의 보쥬 광장과 쌍을 이루었다. 광장에서 벗어나자 뫼즈강 변에 랭보 박물관이 웅장하게 서 있었다. 원래 물방앗간이었던 건물로 그랑뒤칼 궁전과 광장들이 건축될 때 함께 구성된 것이었다. 랭보 기념관으로 새롭게 개장한 이 박물관에는 랭보의 자료들이 망라되어 있는데, 내 관심을 끄는 것은 절창 「모음들」 친필이었다.

검은 A, 흰 E, 붉은 I, 푸른 U, 파란 O: 모음들이여,

언젠가는 너희들의 보이지 않는 탄생을 말하리라.

A, 지독한 악취 주위에서 윙윙거리는

터질 듯한 파리들의 검은 코르셋,

어둠의 만灣 : E, 기선과 천막의 순백純白,

창 모양의 당당한 빙하들, 하얀 왕들, 산형화들의 살랑

거림. 전율.

  I, 보랏빛, 자주조개들, 토한 피, 분노나

  회개의 도취경 속에서 웃는 아름다운 입술.

  – 아르튀르 랭보, 「모음들」 중에서

뫼즈강 변의 소년에서 견자 시인으로 나아간 길

  뫼즈강 가의 랭보 박물관은 들어갈 때와 나올 때의 느낌이 사뭇 달랐다. 옛 물방앗간 건물의 높은 계단을 올라 웅장한 외벽을 마주하고 난간에 기대서서 눈을 지그시 감고 있으면 가만가만 흐르는 강물 소리가 마치 살랑거리는 시의 속삭임 같았다. 미소년 랭보가 습작시를 써서 파리의 베를렌에게 보낸 뒤 하루하루 답장을 기다리며 조각배에 몸을 싣고 비스듬히 누워 강물 가까이 얼굴을 기울이고 있는 장면이 눈앞에서 어른거렸다. 강물 위에 비치는 태양과 강물 속에서 흔들리는 수초, 그리고 그의 눈과 마음을 물들이는 형상들. 바로 이곳은 랭보의 걸작 장시長時 「취한 배」가 쓰인 무대였다. 그의 이름을 붙여 케아르튀르랭보

*Quai Arthur Rimbaud*라 불리는 강변길을 따라 뫼즈강 변을 걸어 내려갔다. 길 건너에 랭보네가 1869년부터 1875년까지 살았던 집이 보였지만, 발길을 늦춘 채 강둑에 기대어 흘러가는 강물을 바라보았다.

나는 보았네, 별들이 떠 있는 군도를!
열광하는 하늘이 항해자에게 열려 있는 섬들을,
그대가 잠들고 유배된 곳은 끝없는 밤이던가?
수많은 황금빛 새들이여, 오 미래의 생기여

정말 난 너무 울었네, 새벽은 비통하고,
달은 온통 끔찍하며 태양은 참으로 가혹하네
쓰라린 사랑은 황홀한 마비상태로 날 부풀려놓았지.
오 나의 선체가 산산조각 나기를! 오 내가 바다에 이르기를!

내가 유럽의 물을 원한다면, 그것은
검고 차가운 웅덩이, 그곳에서 향기로운 황혼녘에
숨을 가득 웅크린 한 아이, 5월 나비처럼

가냘픈 배 하나 띄워 보내네.

　　　– 아르튀르 랭보, 「취한 배」 중에서

　케아르튀르랭보 7번지, 4층짜리 아파트 2층에 랭보네 가족이 육 년간 살았다. 20㎡의 작은 공간에서 어머니 비탈리와 형 프레데리크 그리고 여동생 비탈리와 함께 살았다. 비탈리는 이곳에서 열일곱 살에 죽었고, 훗날 랭보를 극진하게 보살피고 최후를 지켜준 막냇동생 이자벨은 태어나기 전이었다. 열다섯 살부터 스물한 살까지 랭보는 이 집에서 살았다. 이 기간 동안 그는 시에 전부를 바쳤고, 그리고 끝을 냈다. 벽돌색 철문을 안으로 밀었다. 문이 열렸지만 선뜻 안으로 발을 들여놓지 않고 통로와 그 너머 뜰을 망연히 바라보았다. 현재 이 집은 랭보 박물관에 부속되어 개별입장이 안 되고 박물관을 통해 입장이 가능했다. 랭보네 가족이 살던 2층뿐만 아니라 모든 층이 박물관 별채로 운영되며 랭보 생가로서의 진면목을 보여주고 있었다. 밖에서나 안뜰에서나 건물은 허름해 보였으나, 시인이자 탐험가로서의 랭보의 족적을 보여주기에는 텍스트와 이미지 배치가 세련되고 첨단적이었다. 랭보네 집 창가에서 뜰을 내려다보았다. 개암나무인지 좁은 뜰 가에 훌쩍 자라 솟아 있었다.

나는 랭보네 집을 나와서 곧바로 파리로 향했다. 무엇에 쫓겨서였을까. 서둘러 파리로 돌아올 일이 아니었는데. 그리고 이 년 뒤 여름, 다시 샤를빌로 갔다. 처음 갔을 때 놓쳤던 랭보 무덤과 샤를빌메지에르역을 돌아보기 위해서였다. 그리고 랭보가 이십 년 지기 친구 들라에와 소년기부터 청년기까지 노트를 끼고 들과 숲과 강으로 산책을 나가 시를 써 들려주고는 했던 아르덴숲의 정경을 살펴보기 위해서, 또 베를렌과 함께 혹은 혼자 런던을 오고가던, 그래서 랭보 노선이라 불러도 좋을 벨기에 국경 너머 나무르, 브뤼셀, 앤트워프, 도버해협까지 달려가보기 위해서였다. 그리하여 시를 무기로 세상에 출사표를 던지고 떠났으나, 궁극적으로는 시를 버리고 열사熱沙의 북아프리카 오지에서 생을 불사른 채 죽어서야 비로소 돌아올 수밖에 없었던 탐험가이자 견자voyant의 운명을 새겨보려는 것이었다. 그것은 오래전 잃어버린 내 꿈의 영웅, 현대Modernité라는 영토의 주인을 되찾기 위한 방랑의 내용이자 형식이었다.

시인은 모든 감각의 오랜, 엄청난 그리고 추리해낸 착란에 의해서 자신을 의식적으로 견자見者로 만듭니다. 사랑과 고통, 광증의 모든 형태들이 다 그런 것입니다. 시인은 그 자신을 추구합니다. 자신 속에 모든 독소를 걸러내어 오직 그 정수만을 간직하려는 것입니다. (중략) 그는 미지에 도달합니다.

  – 1871년 5월 15일, 랭보가 드메니에게 보낸 '견자의 편지' 중
    에서

● 프랑스와 벨기에 국경지대 아르덴숲. 검은 숲이라 일컬을 정도로 울창하다.
소년기부터 청년기까지 랭보의 걸작 시편들이 잉태된 곳이다.

여기가 아니라면 그 어디라도

：

플로베르의 루앙, 크루아세, 리, 그리고 트루빌

플로베르가 사랑한 노르망디 영불해협의 도빌과 트루빌

프랑스 북부 노르망디의 주도 루앙에 간 것은 근 십 년 만이었다. 처음에는 파리 생라자르역에서 기차를 타고 갔고, 이후로는 줄곧 자동차로 달려갔다. 기차로든 자동차로든 노르망디 평원을 달릴 때면, 지평선에 대한 생각을 수정하고는 한다. 망망대해처럼 가도 가도 끝이 보이지 않는 밀밭 평원에 파란 하늘, 손을 뻗으면 잡힐 듯 가깝게 떠 있는 흰 구름들…… . 루앙은 카망베르치즈와 사과를 발효시킨 증류주 칼바도스가 유명한 노르망디의 중심도시이고, 현대소설사가 기리는 귀스타브 플로베르(1821~1880)의 고향이다. 또한 그의 애제자인 기 드 모파상(1850~1893)과 20세기 중반 이후 대표적인 여성 소설가 아니 에르노(1940~)가 성장한 곳이기도 하다. 도시 한복판에 대성당이 자리 잡고 있고, 도시를 에돌아 센강이 흐른다. 이 센강은 노르망디 평원을 흐르고 흘러 영불해협의 대서양으로 나아가는데, 강 하구에 있는 도시가 트루빌과 도빌이다. 이곳은 루앙만큼이나 플로베르의 족적이 많은 장소다.

파리에서 프랑스 중서부와 서북부 해안을 따라 몇몇 고

● 트루빌.

장들을 답사하던 나는 루앙으로 가는 도중에 영화 〈남과 여〉의 무대이기도 한 도빌에 여장을 풀었다. 도빌에는 플로베르 가문이 소유했다가 시에 기증한 빌라 스트라스부르제가 숲속에 있고, 도빌과 강을 사이에 두고 있는 트루빌에는 플로베르의 동상과 호텔이 있다. 도빌과 트루빌은 하나의 역사驛舍를 반씩 나누어 사용할 정도로 가깝다. 바닷가 저택들로 이루어진 도빌과 트루빌은, 20구로 이루어진 파리의 21구라고 불릴 정도로 파리 사람들이 사랑하는 곳이다. 플로베르는 특히 트루빌 사람들에게 각별했는데, 그들이 강 하구에 세워놓은 플로베르 동상에 새겨진 문장에서 이들의 관계를 확인할 수 있다. "그(플로베르)가 지닌 감상적인 정서와 너무나 생생한 미학은 트루빌 사람들의 것이었다."

플로베르를 키우고 품은 노르망디의 주도, 루앙

루앙은 플로베르를 모르는 사람들에게는 클로드 모네의 〈루앙 대성당〉 연작으로 유명하다. 내가 루앙에 도착한 것은 오후 3시. 도심 대성당 권역에 있는 이름도 '카테드랄 (cathédrale, 대성당)'이라는 호텔에 여장을 풀었다. 역시 대성당으로 유명한 샹파뉴의 랭스에서 이용해본 좋은 기억으로 루앙에서도 주저 없이 선택한 호텔이었다. 십 년 전에 루앙 대성당을 집중적으로 살펴보았기에 이번에는 이틀에 걸쳐 플로베르의 족적만 쫓을 것이었다. 그가 태어난 시립병원의 사택과 그가 평생 칩거해 지내며 글에 몰두한 루앙 외곽 센강 변의 크루아세 별관pavillon, 그리고 루앙 시가 한눈에 내려다보이는 모뉘망탈 공동묘지에 있는 그의 묘가 그것이었다.

귀스타브 플로베르는 1821년 루앙에서 시립병원 수석 외과의사 아쉴 플로베르 박사의 차남으로 태어났다. 그의 부친은 삼십 년간 이 병원에 근무하며 가족과 함께 병원 사택에서 살았다. 플로베르는 아버지가 사망할 때까지 이곳에서 유소년기와 청년기를 보냈다. 소설의 주인공 마담 보바리의 남편 샤를의 직업이 외과의사인 것을 염두에 두면 작가와 작품 생성의 관계를 이해하는 데 도움이 된다. 작가의 아버지뿐만 아니라 어머니의 아버지, 그러니까 그의 외조부도 그 지역의 보건검역관으로 일종의 의사였

플로베르 생가.
루앙 시립병원 부속건물로 현재 플로베르 박물관이다.

크루아세 별관.
플로베르가 평생 칩거하며 소설을 쓰고 생을 마감한 성소.

다. 소설 속 샤를르도 사실은 보건검역관이다. 외과의사 아버지와 보건검역관 외조부의 직업이 샤를르에게 투영되었다고 볼 수 있다.

플로베르가 성장하던 19세기 중반은 프랑스 역사에서 변화무쌍했던 시기로 과학성과 진보적 담론이 맹위를 떨쳤다. 그는 이러한 사회적 분위기 속에서 의사 집안의 이성적이고 합리적인 교육을 받고 자랐다. 플로베르에게는 아홉 살 위의 형 아쉴과 세 살 아래의 여동생 카롤린이 있었다. 의사 집안의 관심은 장남에게 과도하게 쏠려 있었고, 플로베르는 형의 그늘에 가려 상대적으로 존재감이 약했다. 나이보다 조숙한 천재성으로 문재文才를 날리며 문학에 심취한 그의 청소년기는 그의 생애에서 '행복의 풍요기'로 기록된다. 그러나 집안에서는 그가 문학가의 야망을 키우는 것을 원치 않았고, 플로베르는 아버지의 뜻에 따라 문학을 접고 법대에 진학, 파리로 상경했다.

그런데 파리 법과대학에 재학하던 중 간질 발작을 일으켜 요양차 고향으로 내려오는 사건이 발생한다. 이것을 계기로 플로베르는 문학에 더욱 천착하는데, 연구자들은 이 간질 발작 사건을 플로베르 인생의 전환점으로 해석한다.

플로베르가 일으킨 것은 간질 발작이 아니고 그와 유사한 신경증으로, 그것이 다분히 의도적인 발병이었다는 것이다. 플로베르 평전을 쓴 실존주의 철학자이자 문학자인 사르트르는 장남에 비해 부모의 기대에 부응하지 못한 채 집안의 골칫덩어리가 된 플로베르의 처지와 행동을 일컬어 '집안의 천치'라 규정했다. 그렇게 보면, 플로베르가 법학도의 길을 접고 고향 루앙으로 내려오게 된 정확한 이유는 간질 발작이 아니라 '신경증적 발작'에 의한 것이다. 이것은 '문학을 향한 열정의 가면'이라 불리기도 한다.

플로베르가 이 발작 사건으로 꾀한 것은 법학자에서 문학자로의 변신이다. 밀란 쿤데라는 이를 두고 개종과도 같은 사건으로 비유하기도 한다. 자발적 고아를 자처한 플로베르가 낙향한 뒤, 운명의 장난인지 얼마 지나지 않아 아버지 플로베르 박사가 세상을 떠났다. 아버지의 죽음은 플로베르에게 상상의 세계로 밀려나 있던 문학의 꿈을 현실로 복귀시켰다. 그는 평생 아버지가 마련한 크루아세의 집을 떠나지 않은 채 순교자처럼 글쓰기의 형벌을 감수하며 문학자로서의 삶을 마쳤다.

플로베르는 루앙 시내가 한눈에 내려다보이는 모뉘망

탈 공동묘지의 가족묘에 묻혀 있다. 트루빌에 세워진 동상처럼 새하얀 묘석에 새겨진 플로베르라는 이름자를 확인하고 돌아서 나오려는데 바로 지척에 플로베르가 『마담 보바리』를 쓰는 데 결정적인 역할을 했던 문우 루이 부이예의 이름을 발견하고 나두 모르게 미소를 지었다.

마담 보바리, 그것은 바로 나다!

'사실주의 소설의 성서'이자 '현대소설의 선구'로 불리는 플로베르의 소설 『마담 보바리』는 줄거리만 보면 사람 사는 동네에서 접할 수 있는 가정비극에 속한다. 그런데 이 통속적인 이야기는 현대의 많은 위대한 소설가들에게 영감을 주었고, 동서고금을 통틀어 세계 10대 소설 중 한 편으로 꼽히는 걸작이 되었다. 이 소설은 오직 작가의 상상만으로 빚어진 허구가 아니다. 루앙 근처 작은 마을에서 일어난 외젠과 델핀 들라마르 부부의 가정비극 사건을 바탕으로 재창조된 것이다. 인물의 이름만 바꿔놓은 것처럼 소설은 실제 사건과 얼개가 동일한 것으로 알려져 있다.

이것은 통속 불륜을 이야기의 골자로 삼은 소설 『마담 보바리』가 출간되자마자 센세이션을 일으키며 베스트셀러가 된 요체이기도 하다. 플로베르는 시골 어딘가에서 있을 법한, 평범하다고 할 수 있는 이 가정비극 사건을 한 편의 소설로 형상화하는 데 오 년 가까운 시간을 바쳤다. 1857년 1월 소설이 출간됨과 동시에 작가와 작품을 게재했던 잡지 『르뷔드파리』는 공중도덕 및 종교 모독죄로 국가에 기소당했지만 비평가 생트뵈브의 옹호로 2월 무죄판결을 받았다. 이 사건을 계기로 소설은 장안의 화제가 되었고 마담 보바리의 실제 모델이 누구인지에 세인들의 관심이 쏠렸다. 거듭되는 질문 공세 속에 플로베르는 당당히 공언한다. "마담 보바리, 그것은 바로 나다!"

플로베르의 이 고백은 이후 『마담 보바리』의 실제 모델을 밝히는 과정과 별개로 플로베르의 창작관, 나아가 세계관을 대변하는 명제가 된다. 앞서 밝힌 대로 '마담 보바리'의 모델은 노르망디의 어느 시골에 살던 '마담 들라마르'다. '외젠과 델핀 들라마르 부부의 가정 비화'라는 그즈음 노르망디에 파다하게 퍼진 불륜 사건이 있었다. 부이예가 '들라마르'를 '들로네'로 바꾸어 플로베르에게 들려준 이야기의 내용은 이랬다. 들라마르는 플로베르 아버지의 제자로 보잘것없는 시골 의사였다. 루앙 근처 작은 마을에 병원을 개업했다가 아내를 잃고 홀아비가 된 그는 루앙의 기숙학교에서 교육받은 아가씨와 재혼했다. 그녀는 노랑머리에 주근깨투성이 얼굴로 썩 예쁘지도 않고 그렇다고 재산이 많은 것도 아니었다. 가진 것이라고는 허영심뿐이어서 남편을 무시하고 잘난 체나 하는 여자였다. 순박한 의사는 아내를 매우 사랑했지만, 아내는 타고난 욕망과 낭비벽을 주체하지 못했다. 결국, 아내는 뭇 사내들과 바람을 피우면서 마구 얻어 쓴 빚을 감당하지 못하고 음독자살한 것으로 전해진다.

『마담 보바리』의 착상을 둘러싼 논의는 여전히 분분하다. 플로베르가 친구로부터 전해 들은 가정비극 사건을 소설로 발전시킨 것인가, 아니면 그가 직접 신문 기사나 다른 곳에서 얻은 정보를 소설화한 것에 뒤늦게 실제 모델을 찾은 것인가. 전자든 후자든, 이 소설이 실제 모델을 바탕으로 재창조된 것임에는 틀림이 없다. 플로베르는 "마담 보바리, 그것은 나다!"라고 단언하며 소설의 실제 모델을 둘러싼 세속적인 논의를 일축했다. 『마담 보바리』는 '한

편의 소설'을 창조하기 위한 작가의 사투, 그 이상도 그 이하도 아니라는 것이다.

플로베르는 내용과 형식이 주제를 향해 조화를 이루는 아름다운 소설을 꿈꾸었다. 그에게 형식은 곧 내용 그 자체였다. 이렇듯 내용과 형식이 흔들림 없이 단단하게 교직될 때 하나의 스타일이 된다. 사실『마담 보바리』는 한 번도 결혼하지 않고 오직 글에 매진했던 플로베르와는 인물이나 주제가 거의 인연이 없다. 작가가 자기와 무관한 어떤 이야기에 혼신의 힘을 바치기란 쉽지 않은 일이다. 작가란 자기가 가장 잘 아는 것을 쓸 수밖에 없고, 그 진실의 힘으로 독자의 마음은 움직이고 작품은 존재 이유를 얻게 마련이다.

마담 보바리의 현장, 리 마을

용빌 라베이는 루앙에서 팔십 리 떨어져 있는 마을로서 아베빌 가도와 보베 가도의 중간, 리욀 강이 흐르는 분지의 저 안쪽에 있다.

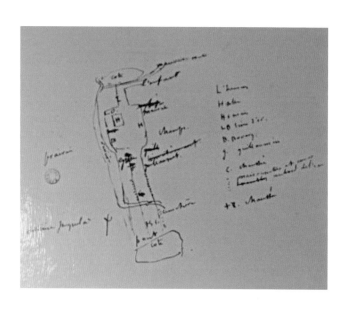

『마담 보바리』의 무대 용빌 라베이. 작가 스케치.

실제 현장, 리 마을.

모뉘망탈 공동묘지를 뒤로하고 리 마을로 향했다. 하늘은 점점 파래졌고, 태양은 정수리 위로 떠올랐다. 중앙선이 보일 듯 말 듯 희미한 지방 소로에서 '리Ry'라는, 단음절처럼 간명한 이름의 팻말이 눈에 띄자 마치 사건 현장으로 진입하는 듯 가슴이 뛰었다. 수풀이 우거진 커브길을 돌아 들어가자 삼사십 호나 될까 싶은 작은 마을이 길을 가운데 두고 형성되어 있었다. 소설에서는 용빌 라베이로 명명된 곳이었다. 태양만이 지붕과 길 위를 내리쬘 뿐 인적은 찾아볼 수 없었다. 면面보다 작은 리里 수준의 마을을 감싸고 있는 고적함에 직면하자 하루하루 무슨 일이 일어나기만을 바라던, 그러나 아무 일도 일어나지 않고 흘러가는 시간 속에 죽음 같은 무료함을 느끼던 엠마 보바리가 떠올랐다.

마을 이쪽 입구에서 저쪽 끝까지 가보아도 사람은 없었다. 사람 대신 플로베르의 동상이 나를 맞아주었고, 고개를 돌리자 마담 보바리의 동선을 약도로 그린 대형 현판이 나를 내려다보고 있었다. 현판 옆에 여행안내소가 있었고,

길 건너에 보바리 갤러리가 눈에 띄었다. 여행안내소에서 문고판 『마담 보바리』를 구입하고, 다시 마을 길을 걸어 차를 세워놓은 입구로 왔다. 도중에 엠마Emma라는 간판을 내건 유아용품점과 면사무소mairie, 교회, 그리고 보바리라는 간판을 내건 식당을 발견했다. 그러고 보니 점심시간이었다. 식당 보바리Le Bovary로 들어가자 마을 사람들인지 나처럼 마담 보바리를 찾아온 여행객들인지 빈 테이블을 찾아볼 수 없을 정도로 꽉 차 있었다. 창가에 하나 남은 자리를 겨우 얻어 앉았다. 작년 전국 요리경진대회에서 2등 상을 탔다는 내용의 액자가 걸려 있었다. 식당에서 추천한 그들의 자랑인 노르망디식 샐러드 정식으로 점심을 먹고 보바리 갤러리로 갔다.

자동인형 박물관Musée des Automates을 시계방향으로 4분의 3바퀴 돌면 오백 명의 자동인형들이 삼백 개의 장면으로 소설 『마담 보바리』를 재현하고 있는 것을 감상할 수 있었다. 스토리를 한눈에 파악한 뒤 전시실에서 작가와 소설을 둘러싼 각종 자료들을 살펴보았다. 내가 대학교 3학년 때 그라세 출판사의 원서로 보았던 삽화들이 거기에 조각조각 액자화되어 있었다. 그중에서도 플로베르가 주인

·

리의 꿈, 몽상.

글자가 눈길을 사로잡는다.

르 보바리 식당.
인적 드문 한적한 마을에서 가장 사랑받는 곳이다.

공 엠마의 뼈와 살을 저울에 달고 있는 유명한 삽화에 눈길이 머물렀다. 소설의 무대인 용빌 라베이의 집과 길과 숲과 성관의 약도가 눈에 익었다.

플로베르는 외과의사의 아들이었다. 그러나 그가 성장하던 청소년기 문학 현실은 낭만주의 시의 과두한 격정과 발자크 소설의 과잉된 자의식이 지배했다. 십 대 후반 풍요로운 문청기의 그 역시 넘치는 감상성과 감수성의 소유자였다. 그러나 『마담 보바리』를 집필하면서 그는 낭만주의와 발자크의 유산인 도취와 격정을 몰아내고, 자연과학과 생물과학을 소설에 끌어들였다. 철저히 '과학적 객관성으로서의 소설'을 위해 외과의사처럼 주인공 마담 보바리를 실험했다. 그에게 '소설이란 삶의 진실을 환원시킨 작품에 그치는 것이 아니라 그 자체로 아름다워야' 했다. 그러나 미美와 통속, 서정과 비속 사이에는 형언할 수 없는 심연이 가로놓여 있었다. 플로베르는 저속한 대화를 잘 쓸 수 있는 방법을 연구했다. 현실을 고르게 아름다운 실체로 변환시키는 것, 비루한 현실에 하나의 스타일을 구축하는 것이 그의 바람이었고, 여기에는 극도의 고통이 따랐다. 『마담 보바리』의 성공 이후 모델이 있는 소설이라는 대중의 공세에 그가 당당하게 외친 "마담 보바리, 그것은 바로 나다!"는 이러한 고통이 찾아준 해답이었다.

몽상이 자아낸 병, 보바리즘

"맙소사, 내가 어쩌자고 결혼을 했던가?" 이것은 소설 1부 7장에 나오는 한 대목이다. 이 깨달음은 엠마가 착하기만 할 뿐 어느 것 하나 내세울 게 없는 몰취미한 남편에게 실망해가는 첫 단계다. 그녀는 이 실망으로 수녀원의 기숙학교 시절 소설책을 보며 꿈꾸었던 달콤한 결혼생활을 반추하면서, 가슴속에 품었던 환상과 실제 삶의 괴리를 깨닫는다. 그녀는 "뜬구름처럼 변화무쌍하고 바람처럼 회오리치는 알 수 없는 불안"에 몸을 떨지만, 그녀의 마음을 헤아리고 그녀의 말을 들어줄 사람은 없다. 부부생활이 더해 갈수록 내면의 간격은 점점 벌어져 그녀는 남편으로부터 멀어진다. 그러나 남편은 아내가 행복한 줄만 알고 있다! 마담 보바리의 비극은 바로 여기에 있다. 그녀의 머릿속을 가득 채운 환상과 그것이 무엇인지도 모르는 남편의 무지.

소통 불능의 남편에게 그녀는 아무런 욕망을 느끼지 못하고 삶은 무미건조해진다. 채울 길 없는 공허 속에 그녀는 현실을 저만치 던져버리고 자신을 행복하게 해주었던 소설책에 매달릴 뿐이다. 그녀는 몽유병자처럼 멍한 상태에서 하루하루 죽음과도 같은 고요한 삶에서 그녀를 구원해줄 무엇인가를 기다린다. 연애소설에서처럼 젊은 기사들이 파리의 상류 귀부인들에게 사랑을 바치는 삶을 욕망한다. 소설과도 같은 삶, 소설 속 귀부인의 삶, 그러나 그것은 그녀의 것이 아니다.

『마담 보바리』를 읽을 때 염두에 두어야 할 것은 '보바리즘Bovarism'이다. 주인공 엠마는 소설책을 보고 익힌 파리 귀부인의 삶을 너무나 갈망한 나머지 "스스로를 있는 그대로의 자신과 다르게 상상하는" 버릇에 빠져 있다. 그녀가 살고 있는 현실과 꿈꾸는 몽상 사이에 색유리가 낀 상태로, 그녀의 현실은 몽상을 향해 변형된다. 상상력 과잉이 빚어낸 결과로 주인공 엠마는 몽유병자처럼 현실도 몽상도 아닌 환상 속을 표류한다. 이처럼 몽상이 자아낸 병적 환상을 보바리즘이라고 부른다.

나도 그녀처럼 살고 싶다, 낭만적 몽상과 삶의 진실

『마담 보바리』가 지닌 현대성, 주인공의 환상 심리인 보바리즘과 더불어 이 소설을 한층 재밌게 읽을 수 있도록 안내하는 것은 르네 지라르의 욕망론이다. 『낭만적 거짓과 소설적 진실』이라는 흥미로운 소설분석서에서 그는 『마담 보바리』의 주인공이 갖는 욕망의 실체를 해부해 보인다. '욕망의 삼각형'이 그것이다.

보바리즘에 빠진 엠마는 늘 여기가 아닌 저기, 용빌이 아닌 파리를 꿈꾼다. 여기에서의 내가 아닌 저기에서의 '그녀'가 되고 싶은 것이다. 그런데 엠마(주체)가 그녀(대상)를 욕망하게 된 것은 순전히 소설(매개) 때문이다. 정확하게 말하면 소설 속의 그녀들, 파리 상류 귀부인들의 삶이다. 욕망의 삼각형이란 주체가 대상을 욕망할 때 그 사이에 중개자(또는 매개물)가 개입해 있다는 이론이다.

인간은 욕망하는 동물이다. 단 한순간도 욕망에서 자유로울 수 없는 것이 현대인의 운명이다. 텔레비전을 켜면 낯익은 모델이 냉장고에서 먹음직스러운 김치를 꺼내 아삭하는 소리를 내며 먹는다. 그 장면을 보는 나는 단박에

군침이 돌고 광고 속 모델처럼 김치가 먹고 싶어진다. 텔레비전을 켜기 전까지, 광고를 보기 전까지 나는 김치를 욕망하지 않았다. 이때 나라는 주체는 김치라는 대상을 욕망하는데, 그것은 어디까지나 광고라는 매개에 의한 것이다. 19세기 중반에 쓰인 『마담 보바리』가 20세기를 넘어 21세기에도 더욱 왕성히 살아나는 것은 바로 작가가 극도의 고통 속에 구현한 스타일의 창조와 함께 '보바리즘'과 '모방 욕망'이라는 현대인의 심리를 꿰뚫고 있기 때문이다.

마담 보바리의 비극은 오늘도 계속되고 있다. 세상에는 지금도 무수한 마담 보바리들이 거리를 활보한다. 사방에서 매 순간 그들의 욕망을 사로잡는 홈쇼핑 상품들이 즐비하다. 단 몇 초, 버튼만 누르면 욕망은 실현된다. 그러나 최신 유행으로 치장하기 위해 무분별하게 사용한 사채 빚에 쫓기고 쫓기다가 결국 비소를 마시고 피를 토하며 처참하게 삶을 마감하는 마담 보바리의 최후는 낭만적 몽상과 삶의 서늘한 진실을 보여준다. 그것은 21세기 도처에서 숨 쉬는 마담 보바리들에게 19세기 작가가 던지는 경고의 메시지이기도 하다.

죽음과도 같이 적막하던 리 마을을 벗어나자, 파란 하

늘에 흰 구름이 끝없이 펼쳐진 밀밭 평원 위로 흘러가고 있었다. 드문드문 숲도 지나갔다. 숲속으로 숨을 헐떡이며 뛰어가던, 아니 뛰어오던 엠마의 영상이 흰 구름과 함께 덧없이 흘러갔다.

● 모뉘망탈 공동묘지의 플로베르 영면처. 부모님, 누이동생과 함께 묻혀 있다.

노르망디, 소설의 성좌星座

:

플로베르와 모파상의 노르망디 센강과 영불해협

플로베르와 모파상―센강을 따라 영불해협까지

　모든 소설은 사랑 이야기다. 사랑이 어디를 향하고 있는가가 다를 뿐. 한 사람의 인생살이를 일대 사건으로 볼 때, 대략 다섯 사건으로 나뉜다. 태어나고, 죽고, 먹고, 자고, 그리고 사랑. 이들 중 소설의 유혹과 초대를 가장 많이, 아니 영원히 받는 사건이 바로 사랑이다. 사랑이 소설을 낳고, 소설이 사랑을 낳는다. 프랑스소설이 특히 사랑 이야기가 많다. 왜 그럴까. 프랑스소설에 거는 독자들의 기대가 유독 사랑에 있는 걸까? 그들은 어떤 사랑을 기대하는 걸까?

　거대한 회상으로 생의 한 순간, 한 장면을 추적하면서 마법처럼 생을 완성해가는 마르셀 프루스트의 길고 긴 장편소설 『잃어버린 시간을 찾아서』. 이는 별처럼 반짝이는 수많은 사랑과 욕망을 동력 삼아 끊임없이 움직이는 다채로운 정념의 드라마다. 프랑스 중세 고성 마을 소뮈르에서 외제니라는 여자의 소소하고 지난한 일생을 그린 발자크의 『외제니 그랑데』. 평생 단 한 번 품은 사랑으로 그녀는 소설의 제목과 함께 주인공이 되었다. 프로방스의 작고 매혹적인 도시 아를에서 농가의 아들 장이라는 청년이 장터에서 본 집시 여인을 가슴에 품었다가 치명적인 사랑의 바이러스에 어쩌지 못하고 죽어버리는 이야기를 알퐁스 도데는 「아를의 여인」이라는 제목으로 세상에 알렸다. 아침에 눈뜨고 밤에 잠들 때까지 "나는 한 남자를 기다리는 일" "외에는 아무것도 할 수 없었다"고 도발적으로 시작하는 아니 에르노의 『단순한 열정』은 단 한순간도 다른 곳으로 눈을 돌리지 않고, 오직 그를 향한 집착 하나로써, 사랑의 시작도 중간도 끝도 심지어 끝의 여운까지도 소진시켜버리는 지독한 열애熱愛를 추적하는 이야기다. 소설 덕분에, 이들은 시간과 공간을 초월하여, 매번 새롭게 지금이곳에 태어나거나 도착하는 인물이 되고, 독자에게 영원히 사랑받는 불멸의 이름이 된다. 이들을 따라, 프랑스인들의 감성, 사랑을 대하는 태도, 사랑을 표현하는 방식을 소설로 만나는 일은 설렘과 황홀의 여정이다.

플로베르 ― 루앙에서 리, 퐁레베크, 트루빌까지

파리 북쪽은 프랑스 북부 노르망디 지방으로 밀밭 평원과 구릉으로 된 곡창과 낙농 지대다. 이 노르망디를 때로는 구불구불, 때로는 유유히 흘러가는 강이 파리 도심을 관통하는 센강이다. 이 센강은 노르망디의 주도 루앙을 거쳐 영불해협의 옹플뢰르, 트루빌과 도빌, 르아브르 앞바다에 이르는데, 강줄기를 따라 인상파 그림들이 그려지고, 그림 속 사람들이 살아가는 소설이 쓰였다고 할 정도로 프랑스 사람들의 삶과 예술에 지속적인 영향을 주고 있다. 많은 소설이 이곳을 무대로 삼거나 또는 이곳에서 잉태되었는데, 이곳에서 나고 자라 이곳을 소설로 쓴 대표적인 소설가로 귀스타브 플로베르와 기 드 모파상이 있다.

귀스타브 플로베르의 『마담 보바리』는 프랑스소설사를 뛰어넘어 세계현대소설사의 맨 앞에 위치하는 걸작 소설이다. 이는 루앙에서 태어나 청소년 시절부터 문학을 가슴에 품은 플로베르가 세속적인 삶을 모두 포기하고 오직 소설 쓰기에 투신해서 써낸 작품으로 그의 고향 루앙과 근교 마을을 무대로 시골 의사 샤를르 보바리의 아내 엠마 보바리의 욕망과 사랑의 비극을 그리고 있다. 이 소설은 마담, 곧 부인을 제목으로 삼은 동서양 소설들(『클레브 공작부인』『댈러웨이 부인』『채털리 부인의 사랑』『자유부인』등) 중 하나인데, 부적절한 사랑의 파국을 이야기하는 통속소설의 위치를 예술의 경지로 끌어올린 문제작이다. 현대소설의 정점으로 자리매김한 『마담 보바리』가 루앙과 인근 시골 마을을 무대로 쓰인 엠마의 이야기라면, 『감정교육』은 소설의 무대를 파리로 확장해 프레데릭 모로라는 청년이 첫사랑의 환상과 사랑의 감정을 습득해가는 과정을 그린다.

플로베르 이후, 조이스와 카프카, 보르헤스 같은 가장 영향력 있는 현대 소설가들이 기리고 숭배하던 플로베르가 말년에 쓴 소박한 사랑 이야기가 「순박한 마음」이다. 순박한 마음이란 곧 단순한 마음, 펠리시테라는 어느 귀부인 집 가정부를 주인공으로 내세워 보여주는 '충직한 마음의 사랑'이라고 할 수 있다. 이 소설은 플로베르의 외가, 곧 어머니의 태생지인 퐁레베크 마을을 무대로 펼쳐지는데, 소설의 주인공이 귀부인(『클레브 공작부인』『댈러웨이 부인』『골짜기의 백합』『안나 카레니나』)에서 가정부, 하녀로 이행하는 의미심장한 전환점이라고 할 수 있다.

● 퐁레베크. 플로베르 어머니의 고향. 작가의 마지막 소설「순박한 마음」의 무대.
●● 파리 근교 메당의 에밀 졸라의 집. 모파상은 플로베르의 지도 아래 쓴
「비곗덩어리」를 이곳에서 발표하여 일약 문단의 주목을 받게 된다.

모파상 — 에트르타에서 샤투, 메당까지

기 드 모파상은 플로베르와 같은 노르망디 출신으로 일찍이 한국 독자에게 『여자의 일생』을 쓴 소설가로 알려졌다. 이 소설의 원제는 '어떤 인생Une vie'으로, 일본을 기처 한국에 유입되면서 편향적으로 소개된 측면이 없지 않다. 여성도 남성도 귀부인도 왕도 하녀도 똑같은 사람이다. 그 사람, '그 어떤 사람의 일생'임을 환기해야 한다. 잔느라는 여성의 삶과 사랑 이야기가 작가의 고향인 노르망디 해안의 포구 에트르타를 중심으로 펼쳐지는데, 이곳은 인상파 화가들이 사랑하여 즐겨 그린 코끼리 코 형상의 해안절벽으로도 유명하다.

모파상이 소설을 쓰기 시작한 것은 플로베르의 영향과 지도 덕분이다. 모파상은 부모의 이혼으로 불우한 유년시절을 보냈는데, 플로베르는 외삼촌의 친구이자 어머니와도 친분이 깊은 작가였다. 모파상은 플로베르에게 엄격한 문장 수업, 소설창작 수업을 받았고, 플로베르의 지침에 따라 소설을 썼다. 플로베르의 『마담 보바리』『감정교육』과 나란히 놓을 만한 장편소설로 『여자의 일생』『벨아미』

를 세상에 내놓았고, 삼백여 편의 짧은 소설을 창작해 러시아의 안톤 체호프, 프랑스의 알퐁스 도데와 함께 세계 3대 콩트 작가의 반열에 올라 있기도 하다. 이 짧은 소설들 중에 「의자 고치는 여인」은 이 마을 저 마을 의자를 고치며 살아가는 의자 수선공의 딸을 주인공으로, 플로베르의 「순박한 마음」과 같이 한 여자의 첫 마음이 마지막 죽을 때까지 변하지 않는 순정한 사랑 이야기를 작지만 큰 울림으로 그리고 있다.

파리에서 센강을 따라 노르망디와 영불해협의 아름다운 마을과 바다, 포구들을 순례하는 것은 플로베르와 모파상이 지키고 전하고자 한 것들이 지금 이곳의 나에게는 무엇인지, 시간이 흘러도 영원히 사랑받는 소설의 힘은 무엇인지 되새기는 여정이다.

● 에트르타, 인상파 화가들이 사랑한 포구.
모파상이 유소년기를 보낸 곳으로, 소설 『여자의 일생』의 배경으로 등장한다.

Étretat, la porte d'Aval
teaux sortant du por

CLAUDE MONET, 1885

Collection du musée des Beaux-Arts de Dijon

단편소설의 장소들, 장소의 양상들

:

멜빌의 맨해튼, 모파상의 에트르타, 헤밍웨이의 공간들

작가의 생애 환경과 단편소설의 배경

언젠가부터 세계 금융자본의 1번지, 미국 뉴욕의 맨해튼 월스트리트를 떠올릴 때면 허먼 멜빌만을 생각한다. 폴 오스터의 소설과 함께 뉴욕의 여기저기를 배회하던 날들이 있었고, 배회 끝에 도달한 지점이 허먼 멜빌의 "월스트리트 ××번지 건물 2층"이다.

내 사무실은 월 가 ××번지 건물 2층에 자리 잡고 있었다. 사무실의 한끝에서는 건물의 맨 밑에서 꼭대기까지 수직으로 관통하고 천장에 채광창이 난 넓은 환기통로의 하얀 내벽이 내다보였다. (중략) 그의 책상은 작은 곁창 가까운 곳에 놓게 했다. 원래 그 창으로는 칙칙한 뒤뜰과 벽돌들이 내다보였지만 잇따라 건물들이 올라서는 바람에 지금은 아무것도 보이지 않고 약간의 빛만 새어 들어왔다.
　- 허먼 멜빌, 「바틀비」 중에서

자본의 정점 월스트리트에서 욕망을 거세한 채 창백하게 죽어간 바틀비라는 기이한 인물을 만난 독자라면, 맨해

● 맨해튼 월스트리트.

튼의 마천루 틈새를 걸어가는 내내 그에 대한 생각을 떨칠 수 없게 된다. 마찬가지로 파리와 노르망디의 몇몇 고장과 영불해협 연안의 포구들을 돌아볼 때에는 모파상의 소설 공간에 집중한다.

땅은 초록빛으로 한없이 길게 뻗어 있었고, 하늘은 지평선 가장자리까지 파랬다. 노르망디 지방의 농장들은 작은 숲의 너도밤나무 떼 속에 갇혀 있었다. 가까이에 있는 낡아빠진 울타리를 열자, 마치 드넓은 정원을 보는 것 같았다. 그곳의 농부들처럼 뼈가 드러난 오래된 사과나무들에 전부 꽃이 피어 있었기 때문이다.

– 기 드 모파상, 「밀롱 영감」 중에서

노르망디 지방이란 파리 북부에서 영불해협에 이르는 대평원을 가리킨다. 이 평원을 가로지르는 것이 파리 도심을 둘로 나누며 흐르는 센강이다. 이 강줄기를 따라 인상파 화가들이 화구를 들고 배를 타고 나갔고, 강 하구 영불해협 연안의 포구들은 이들의 화제畵題가 되었다. 이러한 여정 속에 마네의 뱃놀이 풍경들과 모네의 〈인상, 해돋이〉

가 그려졌는데, 모파상의 단편들은 이들 화폭 속 인물들의 사연을 서사적으로 펼쳐놓은 것으로 읽을 수 있다. 하나의 어휘와 문장, 단락, 이미지, 나아가 주제는 그곳이라는 현장성과 그곳에 사는 사람들의 습속과 떼려야 뗄 수 없는 상관관계를 지닌다.

헨리 간이식당의 문을 열고 사내 둘이 들어섰다. 그들은 카운터에 자리를 잡았다.

"뭘로 갖다드릴까요?" 조지가 그들에게 물었다.

"모르겠는데." 한 사내가 말했다. "자넨 뭘 먹고 싶나, 앨?"

"글쎄," 앨이 말했다. "뭘 먹어야 할지 모르겠네."

날이 어두워지고 있었다. 창밖의 가로등에 불이 들어왔다. 카운터에 자리를 잡은 두 사내는 메뉴판을 들여다보았다.

– 어니스트 헤밍웨이, 「살인자들」 중에서

뉴욕에서 멜빌, 파리와 노르망디에서 모파상의 소설적 장면들에 사로잡힌다면, 시카고와 파리, 아프리카와 쿠바에서는 헤밍웨이의 족적을 뒤쫓는다. 헤밍웨이는 선원으로 대서양을 품었던 멜빌과 프랑스 북부 노르망디 해안에서 태어나 프랑스 해군성에 근무한 경력으로 남부 지중해까지 섭렵한 모파상의 생애 이력을 뛰어넘어 북아메리카에서 유럽, 아프리카에 이르는 광범위한 궤적을 보여준다. 위에 제시한 「살인자들」은 7가 태어나 스무 살까지 살았던 시카고라는 도시의 정서를 배면에 깔고 있다. 그는 언론사 비정규직 해외통신원 자격으로 파리에 머물며 '진실한 문장 한 줄'을 위해 혹독한 자기 절제와 관리로 일절의 군더더기 없는 단문형식의 '하드보일드' 문체를 개발했다. 그 결정체가 바로 「살인자들」이다. 소설은 200자 원고지 50매 분량으로 앉은자리에서 십오 분 정도면 독파할 수 있다. 그러나 눈으로 읽는다고 끝은 아니다. 행간에 가라앉고 주름져 겹쳐 있는 의미를 파악해내기에는 두세 번 이상의 정독이 필요하다. 이른바 알고 있고, 가지고 있는 정보를 다 사용하는 것이 아니라 빙산의 일각처럼 극도로 절제해서 일부만 드러내는 것이 헤밍웨이의 단편소설 창작 스타일이다. 내면묘사를 배제한 사실적인 단문과 대화체 일색은 사건의 행위만을 비추어주는 카메라 렌즈의 역할로 가독성을 준다. 살인청부업자가 식당에 들어와 음식을 주문하며 나누는 대화를 통해 아직 일어나지 않은 행위의 이후를 암시하고, 그것으로 긴장감을 증폭시켜나가는 것이 「살인자들」이 거느리는 상황인데, 이것은 헤밍웨이가 체득한 시카고와 뉴욕 맨해튼 마천루를 모델로 삼아, 자본화가 첨예하게 대두되었던 시카고, 갱스터들의 총알이 항시 장전되어 있었던 시카고의 특수한 분위기와 맞물려 있음을 염두에 두고 읽어야 한다.

"어떻게 할 거래?"

"아무것도 안 할 거래."

"그자들이 죽일 거야."

"내 예감도 그래."

"그 사람, 시카고에서 무슨 일에 얽힌 게 분명해."

"내 생각도 그래." 닉이 말했다.

"염병할."

"끔찍해." 닉이 말했다.

그들은 더 이상 입을 떼지 않았다.

– 어니스트 헤밍웨이, 「살인자들」 중에서

단편 작가들의 장소 감각과 문체

멜빌, 모파상, 헤밍웨이의 소설 공간들을 한자리에 초대한 것은 세계소설사에 단편소설 양식을 구축한 그들의 원점을 되돌아보고, 지금 이곳의 단편소설 양상과 의미를 환기해보기 위해서다. 멜빌은 19세기 전반(1819년) 뉴욕시에서 태어났고, 모파상은 그보다 삼십여 년 뒤(1850년) 노르망디의 작은 포구마을 투르빌쉬르아르크에서 태어났고, 헤밍웨이는 그들이 죽은 육칠 년 뒤(1899년) 시카고 교외 오크파크에서 태어났다. 나는 삼십여 년 가까이 유럽과 아메리카, 아프리카로 떠나고 돌아오는 삶을 반복해왔다. 그러다보니 우연이든 필연이든 이들이 태어나고, 자라고, 떠돌고, 머문 공간들과 맞닥뜨리는 경우가 많았다. 그렇게 작품들의 공간으로 직접 들어가 작가와 인물들이 처한 환경과 내면을 짐작해보는 여정을 지속해왔는데, 이 과정에서 내가 터득한 것은 작가의 기질과 이력, 특히 작가가 종사한 업종과 체류한 공간에 따라 소설의 내용과 형식, 서사의 호흡과 규모, 문체가 좌우된다는 점이다.

세계 금융·자본의 각축장 시카고와 뉴욕 맨해튼의 마천루.
헤밍웨이와 멜빌의 단편소설은
도시 이면에 도사린 어둠과 비정을 다룬다.

증기선이 출현하기 전 시대에 중요한 항구의 부두를 따라 사람들은, 흔히 전함이나 상선에서 일하며 피부가 청동빛으로 번들거리는 한 떼의 수병이나 선원들이 외출복 차림으로 뭍을 자유로이 활보하는 모습에 시선을 빼앗기는 경우가 많았다. (중략) 지금으로부터 반세기 전 리버풀에서 나는 프린스 독의 아주 칙칙한 거리 벽(오래전에 제거된 장애물) 그늘 속에서 피부가 유난히 새까매서 불의한 함의 혈통을 타고난 아프리카 원주민임이 분명한 일반 선원을 본 적이 있었다. (중략) 그는 힘과 아름다움을 겸비한 사람이었다. (중략) 뭍에서는 챔피언이었고, 바다에서는 대변인이었다.

　　- 허먼 멜빌, 「선원, 빌리 버드」 중에서

멜빌은 성서와 신화의 구조를 작품 깊숙이 깔고 당대의 문명과 인간의 숙명을 비판적으로 그렸는데, 「선원, 빌리 버드」 외 여섯 편은 단편소설이라고 하기에는 분량이 길고 심오한 주제를 담고 있어 중편 양식에 해당된다. 헤밍웨이는 「킬리만자로의 눈」 외 서른한 편을 통해 한두 페이지 분량의 쇼트커트(「다리에서 만난 노인」 「혁명당원」)부터 중편 또는 경장편으로 분류되는 『노인과 바다』까지 다양한 호흡을 보여준다. 이에 비해 모파상은 체호프, 도데와 함께 세계 단편소설 미학의 창시자로 불리는 만큼, 「비곗덩어리」 외 예순여섯 편의 단편들을 통해 삶의 찰나적인 장면을 초점화해 그려내는 데 탁월한 안목과 기술을 드러낸다.

베르트랑 후작 집에서 사냥이 시작된 날 저녁 식사가 끝나갈 무렵이었다. 사냥꾼 열한 명, 젊은 여자 여덟 명, 그리고 그 고장의 의사가 조명을 밝히고 과일과 꽃이 놓인 커다란 탁자 주위에 모여 앉았다.

사랑 이야기가 시작되었고, 곧 분위기가 열기를 띠어갔다. 진정한 사랑이 일생에 한 번 찾아오는지 아니면 여러 번 찾아오는지를 놓고 끝없는 토론이 벌어졌다.

– 기 드 모파상, 「의자 고치는 여자」 중에서

읽으면 쓰고 쓰면 더 읽는다. 누가 아는가. 멜빌, 모파상, 헤밍웨이의 단편들을 매개로 새로운 작가가 탄생할지. 읽고 쓰다보면, 마침내 자리에서 일어나 떠나게 된다. 작가와 작품이 영원히 살아 숨 쉬는 그곳, 현장 속으로.

단순한 삶으로의 긴 여정

:

키냐르의 브르타뉴

야생의 바닷가, 브르타뉴 쪽으로

내가 파리에서 낡은 르노 자동차를 타고 북서쪽으로 달려 브르타뉴 해변에 닿은 것은 사월 초였다. 센강 변의 산책길에는 꽃샘추위가 물러가면서 버들가지마다 새싹이 돋아나고 있었다. 그날의 목적지는 생말로, 영불해협에서도 파도가 드높기로 자자한 항구였다. 해안선을 따라 침목이 끝없이 대열을 이루고 있는 이색적인 풍경은 북대서양에서 몰려오는 험난한 물결 때문이었다. 듣던 대로 봄인데도 겨울바람이 거셌다.

그때 내가 왜 생말로에 가게 되었는지, 고백하자면 이렇다. 파리에서는 일주일에 두 번 집 옆에 장이 섰다. 나는 주로 채소와 과일, 허브, 꿀, 생선들 앞에 서 있고는 했다. 생선가게에는 언제나 줄이 길게 늘어서 있었다. 파리 사람들에게는 새벽에 직송해온 싱싱한 생선을 사는 즐거움이 있었다. 그 생선가게 이름이 생말로였다. 나는 주로 홍합이나 대합, 생대구를 즐겨 샀다. 생선가게 생말로에서는 혈색 좋은 형제 부부가 우렁차게 주문을 받아 외치며 생선을 팔았다. 그들이 외치는 건강한 삶의 외침 때문이었을

● 브르타뉴 생말로.

까. 그들이 묻혀온 바다 냄새 때문이었을까. 나는 특별한 이유 없이 생말로를 향해 달려갔다.

타지 또는 타국에서 한 시절 이방인으로 산다는 것은 살아온 삶의 규모와 방식을 지극히 단순화시킨다는 것을 뜻했다. 마치 꼭 붙는 의복처럼 불필요한 공간을 서느리지 않았다. 매사에 긴장했고, 절제했고, 검소했다. 그리고 언제든 하루쯤 낯선 곳으로 떠날 생각을 벼르고 있는 것이었다. 생말로 해변에서 바다와 마주하고 서니, 가슴이 툭 트이는 것 같았다. 나는 두 팔을 벌려 심호흡을 했다. 코끝을 감도는 공기가 차가웠다.

그녀는 이곳을 좋아했다. 무엇이든 더 가깝게 보여주는 매우 투명한 공기를 좋아했다. 어떤 소리든 더 선명하게 전달하는 맑고 쌀쌀한 공기를 좋아했다. 자신이 체험했던 것을 전부 기억해내고 싶은 욕구를 느꼈다. 이 세상에서, 여기서, 옛날에 찾아냈던 것을 모조리 알아보고 싶은 욕구를 느꼈다. 그러자 실제로 조금씩 모든 것, 이름이며 장소와 농장과 개울, 숲들이 떠올랐다. 걸어서 길을 쏘다니며 (중략) 화강암 바위를 기어오르고, 야생화, 해초 양식지, 바위, 새들을 바라보는 데 전혀 싫증이 나지 않았다. 그녀는 이 고장을 좋아했다. 몹시 경사가 진, 무척 가팔라서 하늘과 바로 수직을 이룬 듯한, 이곳의 아주 검은 모래사장을 좋아했다. 이곳의 바다를 좋아했다.

– 파스칼 키냐르, 『신비한 결속』 중에서

자아와 일상의 경계, 삶과 죽음의 경계, 시와 산문의 경계, 순간과 영원의 경계, 철학과 소설의 경계, 이 시간이면서 다른 어떤 새로운 시간의 경계에서 키냐르의 문장을 만난다. 나는 그의 『옛날에 대하여』 『심연들』에서 태고의 시공간이 응축되어 있는 그의 파편적인 문장으로 프랑스의 옛날을, 지방의 추억들을 떠올리고는 했다. 한 추억을 따라 지도를 펼치고, 지도가 이끄는 대로 낯선 지명들을 따라가보는 것이 좋다. 그가 마지막 왕국이라고 부른 『옛날에 대하여』 『심연들』을 수놓은 노르망디와 르아브르 항구, 그 인근을 추억하는 것이 좋다. 펼치는 데마다 비수를 꽂는 문장들, 예를 들면, 『옛날에 대하여』에서 메아리치는 "사랑에 빠질 때마다 우리의 과거는 바뀐다" 또는 "소설을 쓰거나 읽을 때마다 우리의 과거는 바뀐다" 또는 "프랑스, 그것은 나라가 아니다, 시간이다" 같은 아포리즘들을 만나 꼼짝 못 하고 사로잡혀 있는 것이 좋다. 키냐르의 사유를 통과하면, 시간도, 종족도, 음악도, 문학도, 나라는 의식조차도 무無가 되고, 새로운 시간, 새로운 나의 출발점에 서게 된다. 그리하여 단순해진다.

극단순의 심연, 키냐르 쪽으로

마라케시에서 사막으로, 그리고 아틀라스 산맥에도 갈 예정이었다. 사파리나 고고학 연구단체, 자신이 구속을 느끼게 될 그룹 따위야 아무려면 어떠랴. 북아프리카의 가장 먼 오아시스로 가서 세상과 동떨어진 존재가 될 수 있다면, 아무도 자신이 어디 있는지 모를 수 있다면 말이다. 그것은 다른 시간이리라. 그 시간을 다른 여인이 살게 되리라. 그 시간은 다른 세계에 존재하리라. 그 세계가 다른 삶을 열어주리라.

– 파스칼 키냐르, 『빌라 아말리아』 중에서

절벽 아래 바다와 해변.
키냐르의 소설은
복잡한 일상을 떠나 진정한 나와 새로운 삶을 찾는 여정이다.

키냐르의 글쓰기는 소설과 철학, 시와 소설의 경계에서 한쪽으로 급격히 기울어지고는 한다. 그렇게 기울어진 끝에서 나는 매번 심연을 본다. 소설 속에서 철학의 심연을, 시 속에서 소설의 심연을, 그리고 이와 같은 흐름에 역逆하는 심연을 본다. 일찍이 나는 그의 소설 쓰기를 가리켜 문학, 철학, 역사, 고고학, 지리학, 음악, 언어학, 인류학 등 장르를 초월한 수집의 세계라고 일컬은 바 있다. 『신비한 결속』과 『빌라 아말리아』는 키냐르가 거느리는 깊고 거대한 세계를 파편으로 잘게 부숴 전하는 초超장르적 초超단편적 성격을 배제하고, 일상의 복잡한 나로부터 진정한 나를 찾아 떠나는 소설의 지극히 정석적인 주인공의 행로를 따르고 있다. 『신비한 결속』은 브르타뉴 생말로 항구 어름의 디나르를 배경으로 클레르의 자아를 찾는 여정이고, 『빌라 아말리아』는 파리에서 출발해 유럽의 여러 곳을 무대로 안의 새로운 삶을 찾는 여정이다. 둘 다 파리(와 파리 권역의 베르사유)를 떠나는 이야기인데, 천부적 언어감각으로 번역가로 살아온 클레르는 브르타뉴 해변의 유년 공간으로 회귀하고, 47세의 작곡가이자 피아니스트인 안은 브르타뉴와 상스 등 프랑스 여러 지방과 독일, 스위스, 이탈리아 등 여러 나라를 거쳐 지중해안 절벽의 미지의 공간 (빌라 아말리아)에 이른다. 같은 자아 찾기의 행로이지만 클레르와 안의 여정은 서로 다른 흐름을 띠는데, 유일한 공통점이 유년기의 공간인 브르타뉴 해변이다.

그녀에 대한 마지막 기억? 버려져 약간 더러워진 스카프가 덤불 근처의 땅바닥에 나뒹굴고 있다. 갈매기 떼가 둑 위에 모여 스카프 주변에서 점점 더 큰 소리로 울부짖는다. (중략) 그녀가 내게 많은 것을 가르쳐주었다. 갈매기들이 바위 속으로 몸을 피하면, 그녀는 내게 와서 알려주곤 했다.
— 파스칼 키냐르, 『신비한 결속』 중에서

키냐르의 단단하고 깊은 울림의 문장들을, 투명하고 정연한 시간의 흐름 속에 겪으며, 거센 바람과 파도가 몰아치던 생말로의 봄날을 추억한다. 키냐르는 두 사람 사이에 흐르는 감정을 사랑이라 하지 않고, '신비한 결속'이라고 불렀다. 그것은 사랑 이전, 아니 이후, 아니 분류할 수 없는 경지, '기원 없는 관계'다.

카뮈의 루르마랭에서 박완서를 추억하다

:

카뮈의 프로방스, 루르마랭

테라스에는 보라색 스위트피가 아침햇살을 받아 생기롭게 피어 있었다. 한겨울에 스위트피라니. 나는 집주인 노부부의 얼굴을 떠올려보다가 문을 열고 테라스로 나갔다. 몸을 숙여 테이블 위에 놓인 스위트피의 향을 맡았다. 그리고 옆에 누가 있기라도 한 듯 또렷한 말씨로 말했다. "그녀가 카트린을 만나야 해." 지난 이월 초 일요일 아침, 루르마랭성 마을의 오래된 성지기 집에서였다.

　　내가 남프랑스의 고원마을 루르마랭을 다시 찾은 것은 칠 년 만이었다. 그사이 많은 일들이 있었다. 누군가 태어났고, 누군가 떠났고, 누군가 돌아왔고, 누군가 영영 떠나는 일들이었다. 돌아오지 못할 곳으로 떠난 이들 중에는 나를 낳아준 엄마가 있었고, 속 깊이 함께 울어주던 선배 문우가 있었고, 엄마― 하고 마지막 숨을 뱉으며 속절없이 심연으로 가라앉은 수백 명의 소년 소녀들이 있었고, 그리고 박완서 선생님이 있었다. 나는 대학을 졸업하던 해에 박완서 선생님을 만났다. 그리고 바로 이곳, 스위트피가 피어 있는 한겨울의 루르마랭에서 선생님의 부고 문자를 받았다. 그날도 나는 아침햇살을 온몸으로 느끼며 겨울의 파란 하늘 아래 서 있었다. 스위트피 대신 사이프러스

● 루르마랭의 엥솔리트. 카뮈 단골 카페.

나무를 앞에 두고 있었다. 사이프러스 나무 옆 비석에 새겨진 이름과 생몰 연도를 바라보며 한 사람의 생애와 죽음의 형식을 생각하고 있었다. 나는 죽음 이후의 형식, 묘지와 비석에 관한 수많은 현장 사진들을 간직해왔다. 바로 내가 지금 마주하고 서 있는 가뮈의 묘지처럼 직접 찍은 장면들이었다.

칠 년 전 그날 아침처럼, 나는 집주인 재키와 마리가 차려준 아침 식사를 간단하게 먹고, 카뮈가 묻혀 있는 루르마랭성 근처 공동묘지로 향했다. 묘지에 가려면 성 앞을 지나가야 했다. 나는 마을에 들어올 때나 나갈 때나 호선형으로 이어지는 길가에 차를 세워놓고, 완만하게 경사진 포도밭으로 몇 걸음 걸어 들어가 마을을 건너다보고는 했다. 지중해 쪽으로 뻗은 알프스의 산자락에 자리 잡은 고원마을의 정경은 그곳에서 보아야 제격이었다. '그녀가 카트린을 만난다면!' 이 생각, 아니 이 가정이 나의 뇌리를 스치고 지나간 것은 바로 그때, 뤼베롱산의 진녹색 능선이 마을을 품에 안듯이 배경처럼 둘러싸고 있는 모습을 뒤로하고 발길을 돌리려던 찰나였다. 그 생각, 아니 그 가정은 실현 가능성을 따져볼 겨를도 없이 이내 은밀한 설렘, 떨림으로 전이되었다. 그러나 나는 더 이상 박완서 선생님의 편집자도 아니었고, '그녀'를 알지도 못했다. 나는 피어나는 소름처럼 살갗을 휘감았던 전율을 아스라이 느끼며 파노라마처럼 눈앞에 펼쳐진 마을을 바라보았다.

나는 마을에서 카트린의 집이 있는 쪽을 알고 있었다. 그러나 그 집을 찾아 들어간 적은 없었다. 내가 들어가고 싶다고 해서 들어갈 수 있는 집이 아니었다. 마을 사람들은 그 집을 알면서도 누가, 그러니까 나 같은 이방의 여행자가 물으면 알려주지 않았다. 그들은 그것이 그 집에 사는 사람에 대한 예의라고 생각했고, 암묵적으로 그것을 지켰다. 이러한 사정을 알기에 나는 머나먼 길을 달려왔음에도, 칠 년 전이나 지금이나 그 집에 들어갈 생각을 하지 않았다. 그런데도 나는 그 집의 구조, 창을 통해 들어오는 아침햇살과 오후의 빛, 그것들을 감싸는 느낌과 풍경을 잘 알고 있는 것처럼 훤했다. 카트린과 인터뷰했던 카뮈 연구자들이 쓴 글들을 나는 발표되는 대로 찾아 읽어왔기 때문이다. 나는 공동묘지로 가기 위해 자동차 쪽으로 발길을 돌리려다가, 다시 한번 카트린의 집이 있는 쪽을 눈으로 더듬으며 루르마랭 입구에 있는 축구장과 축구장 너머 플라타너스가 줄지어 서 있는 가로수길과 그 길에 있는 우체국과 'Espace Albert Camus'라는 작은 푯말이 부착된 벽까지, 영화필름을 천천히 돌려보듯이 바라보았다. 마을의 어느 창가에서 카트린은 아버지의 유고遺稿를 매만지며 살고 있었다.

아버지가 남긴 유업을 짊어지고 살아가는 딸의 운명이란 무엇일까. 나는 한 번도 만난 적 없는 카트린에게 미묘한 감정을 느꼈다. 그것이 정확히 어떤 것인지 표현할 수는 없었다. 나는 카트린과 같은 딸들을 알고 있었다. 대학 졸업과 동시에 편집자 생활을 시작해, 한동안 책 편집과 소설 쓰기를 병행했던 나는 소설이 소설을 낳고, 책이 책을 낳는 경우를 목격했다. 소설가들은 소설로 대화하고, 소설로 고백하고, 소설로 추모했다. 편집자들은 책으로 그 모든 것을 했다. 카트린은 아버지가 남긴 모든 작품의 전문 편집자였다. 그리고 그녀, 내가 카트린을 만나야 한다고 생각한 그녀는 박완서 선생님의 전문 편집자 호원숙 선생님이었다.

내가 뤼베롱산 자락 고원마을에서 그녀를 떠올리는 것이 아주 뜬금없는 일은 아니었다. 카뮈가 살았던 그 집에

루르마랭 공동묘지,
알베르 카뮈(오른쪽)와 그의 아내 프랑신 카뮈(왼쪽)의 무덤.

큰딸 카트린이 살고 있다면, 박완서 선생님이 살았던 아차산 자락 강변마을에는 선생의 큰딸 호원숙 선생님이 살고 있었다. 나는 호원숙 선생님을 만난 적이 없다. 그러나 그녀의 얼굴은 오래전부터 사진으로 보아 익숙했다. 현실에서 만난 적은 없지만 늘 만나고 사는 사람보다 더 친숙하게 느껴지는 존재가 바로 그녀였다. 박완서 선생님과의 인연의 실타래 속에 그녀가 있었다. 박완서 선생님이 환갑을 맞이하던 1991년 봄, 나는 계간지 편집장으로 선생님의 소설세계를 총망라하는 특집호를 만든 적이 있다. 그보다 몇 해 전, 선생님 생애에 비운의 해로 기록된 1988년에는 당시 선생님이 연재하던 장편소설 『미망』을 담당하는 편집자이기도 했다. 연재는 중단되었다가 몇 달 뒤 이어졌다. 나는 그때 언어로 표현할 수 없는 슬픔과 고통이 있다는 것, 살다보면 차마 내려다보기조차 두려운 슬픔의 절벽이 발 앞에 가로놓이는 일이 있다는 것, 자식을 가슴에 묻는 어머니의 슬픔을 참척이라고 부른다는 것을 처음 알았다. 나는 박완서 선생님의 특집호 작가 화보에 넣을 사진들을 선별하고, 캡션을 작업하는 과정에서 요세미티 공원 장면에 홀린 듯 빠져들었다. 선생님은 오백 년 고목의 그루터기들 사이에 수줍은 듯 웃으며 살포시 두 손을 모으고 앉아 있었다. 나는 선생님의 표정에 집중했다. 선생님은 웃고 있으나, 이십 대 중반의 내가 가늠할 수 없는, 바스라질 듯 연약하면서도 처연한 세계에 놓여 있는 것처럼 보였다. 그때까지 나로서는 불가항력적인 것을 제대로 헤아릴 수 없었으나, 돌이켜보자면, 그런 것이었다. 요세미티에서는 자연발생적으로 불길이 일어 수백 년 된 고목들을 집어삼킨다고 했다. 불길은 번개처럼 돌발적이면서 주기적으로 거대한 산림을 휩쓸어간다고 했다. 선생님은 그루터기에 앉아 화마 속에서도 오백 년을 살아낸 고목이 주는 오싹한 경외감을 느끼고 있었을까. 그것으로 가슴속에 새카맣게 타버린 고통의 뼈를 어루만지고 있었을까. 사진에는 선생님 혼자 앉아 있는 장면과 딸과 사위, 손주들과 함께 있는 장면이 있었다. 나는 그들의 표정에서 서로 슬픔을 덧내지 않으려고 가만가만 속으로 조심하고 있는 심정을 어렴풋이 느꼈고, 그들 속에서 그녀를 알아보았을 때는 반가운 마음마저 들었다.

선생님의 특집호는 발간되자마자 완판되어 2쇄를 찍었다. 계간지로서는 유례없는 일이었다. 박완서 선생님 특집에 견줄 해외작가 특집으로 줄리아 크리스테바를 소개했다. 여성학 전공 평론가들이 박완서 선생님의 소설을 읽고, 분석했다. 나는 특집호에 이어 박완서 선생님의 장편 전집 작업에 착수했다. 그러느라 나는 해마다 몇 차례씩 선생님 댁을 방문했다. 특집호를 만들기 위해 사진을 받고, 화보용 사진에 들어갈 캡션 내용을 듣던 곳은, 아차산 자락으로 터를 잡고 집을 지어 이사 가기 전, 방이동 시절의 아파트였다. 그 시절 선생님은 홀로 계시다가 나를 맞아들였다. 선생님은 나를 거실보다는 부엌의 식탁으로 데리고 갔다. 다과를 가운데 놓고, 원고와 책 이야기 이외의 말들을 나누느라 시간 가는 줄 몰랐다. 댁으로 들어갈 때는 환한 오후였는데, 나올 때는 어둠이 내린 저녁이었다. 집으로 돌아오는 길, 나는 박완서 선생님과의 식탁에서의 장면을 되짚어보고는 했다. 편집자와 작가, 까마득한 후배작가와 대작가의 만남이라기보다는 연애 중인 딸과 엄마, 갓 시집간 딸과 친정엄마 사이의 애틋하면서도 흥미진진한 수다 자리였다. 나만 그렇게 느낀 것이 아니었다. 훗날 박완서 선생님은 나와의 식탁에서의 장면을 지면에 이렇게 썼다. "지금 생각하니 그때 우리는 동업자끼리나, 저자와 기자 사이로 만난 게 아니라, 엄마 말 안 듣고 고생길로 들어선 딸이 겨우 행복해진 걸 보고 대견하게 여기는 엄마와 딸처럼 마주 앉았던 게 아니었나 회상됩니다."

아차산 자락 아치울 마을에 새로 지은 선생님 댁을 생각하면, 나는 제일 먼저 박하차가 떠올랐다. 박완서 선생님은 새로 가꾼 뜰에 박하를 심었고, 손님들에게 그 박하 잎을 우려낸 차를 내주었다. 선생님은 이사한 뒤 한동안 매일 아침 거실 창가에서 목도하는 일출 장면을 경이롭게 들려주었다. 그러나 선생님이 흥분한 목소리로 들려주던 그 장관을 내가 직접 본 적이 없기에 일출보다는 박하차의 향기가 뇌리에 박혔다. 박완서 선생님이 세상을 떠나고, 나는 그 집에 간 적이 없다. 갈 생각도 못했고, 가고 싶어도 딱히 갈 명분이 없었다. 나는 그 집이 '노란집'으로 불린다는 것을 어느 밤에 인터넷으로 선생님의 자료들을 찾다가 뒤늦게 알았다. 가끔 화원에서 허브들 속에 놓여 있는 박하를 볼 때면, 박완서 선생님 뜰을 생각했다. 칠 년 전, 내가 루르마랭에 머무는 사흘 동안 박완서 선생님은 이 세상에서 저 세상으로 떠나는 장례의식을 마쳤다. 돌아와보니, 더 이상 선생님은 이 세상에 있지 않았다. 박완서

● 루르마랭. 알베르 카뮈가 파리를 떠나 정착했던 남프랑스 뤼베롱 산간 고원마을.

선생님의 영전에 작별 인사를 드리지 못한 것이 못내 가슴에 맺혀, 나는 소설 한 편을 썼다. 나의 소설 「저녁 식사가 끝난 뒤」에 등장하는 박하차는 박완서 선생님을 추모하는 극히 작은 부분이었다.

칠 년 전처럼, 나는 루르마랭에 사흘 머물렀다. 집주인 재키는 영국인 은퇴자로 귀가 잘 들리지 않았다. 그래서 두 번씩 묻거나 두 번씩 대답해야 했다. 나는 아침이면 루르마랭성을 지나 공동묘지에 가서 카뮈와 그의 아내 프랑신의 비석을 둘러보았고, 낮에는 엑스에 다녀왔다. 엑스에 있는 대학의 동아시아학부 한국어문학과에는 현재 오백 명이 넘는 프랑스 학생들이 한국어와 한국문화를 공부하고 있다. 대학에서 프랑스어와 프랑스문학을 전공한 나로서는 도무지 받아들여지지 않는 열풍이었다. 나는 이것이 일시적인 현상인지, 향후 오 년 동안 어떤 흐름을 보일 것인지 정리할 필요가 있었다. 엑스에서 돌아오면 이른 오후였고, 나는 카트린의 집 근처를 산책했다. 골목에서 마주치는 마을 사람들에게 나는 수상쩍게 보일 수도 있었으나, 아무도 그렇게 대하지 않았다. 오히려 나 같은 동양인이 여기까지 온 이유를 안다는 표정으로 살짝 고개를 숙여 눈

인사를 건네며 지나갔다. '서로 만나야 해.' 나의 머릿속에는 두 가지 생각이 시계추처럼 왔다 갔다 했다. 카트린이 서울에 오거나 호원숙 선생님이 루르마랭에 간다면. 여기에서든 거기에서든, 그녀 둘이 만난다면. 나는 귀국하는 대로, 이번에는 제일 먼저 아치울 마을 '노란집'의 호원숙 선생님에게 편지를 쓸 것이었다. 편지는 생각보다 길어질지도 몰랐다. 어쩌면 편지 형태의 소설이 될지도 몰랐다. 나는 오래된 성지기 집의 문을 나서며, 두고 온 것이 생각난 듯이, 스위트피가 피어 있는 테라스를 올려다보았다.

* 본문에 인용된 글은 박완서의 「『행복』에 부치는 글」(함정임, 『행복』, 랜덤하우스 코리아, 1998, 발문)임을 밝힌다.

- 호메로스의 에게해와 트로이
- 파묵의 버스 여행과 케말의 바람부족 연대기
- 사색적 삶의 향기와 혁명적 사랑의 욕망
- 라히리와 솔닛의 어머니
- 다자이 오사무의 미사카 고개, 가와구치 호수, 그리고 후지산
- 바르트의 세르부르와 피레네, 바욘

3부

두 줄기 물결 따라 신화의 언덕으로

:

호메로스의 에게해와 트로이

신화의 언덕, 트로이에 가다

언덕에 올라서자 고즈넉이 펼쳐진 평원 저 멀리 아스라이 바다가 보였다. 어느 여름 열흘간 이 배 저 배 타고 떠돌던 그 물결, 그 바다였다. 같은 물결이지만 그때 그 바다는 그리스 쪽, 지금 내가 서서 바라보는 바다는 터키 쪽 물결이었다. 그리스 본토(동쪽)와 터키의 반도(서쪽)가 두 팔로 감싸듯 안고 있는 이 바다의 이름은 그리스어로 아이가이온 펠라고스Aigaion Pelagos, 터키어로 에게 데느즈Ege Denizi, 공식 영어 명칭은 에게해Aegean Sea다.

에게해라는 명칭은 아이게우스 또는 아이가이에서 유래한다. 아이게우스는 아테네 왕의 이름이고, 아이가이는 해신 포세이돈의 성지 이름이다. 동지중해와 마르마라해의 물결이 어우러지는 에게해에는 사백 개의 섬이 떠 있는데, 이들 중 내가 답사한 섬은 고작 두 곳, 그리스의 크레타섬과 산토리니다. 이 년 전 여름, 산토리니를 끝으로 그리스 본토로 발길을 돌릴 때 터키 영해와 인접한 키오스섬과 터키 반도의 트로이를 돌아보지 못한 것이 못내 아쉬웠다.

키오스섬은 인류 최초의 서사시 『오디세이아』의 집필자

● 차낙칼레 항구의 호메로스.

로 알려진 눈먼 가인歌人 호메로스의 고향이다.『오디세이아』는 서사 창작과 연구를 업으로 하는 나에게 성서와 같은 존재다. 나는 밤이면 오디세우스라는 사내가 에게해를 표류하는 인류의 위대한 서사 원형을 몇 줄씩 읽고 나서야 잠이 들고는 했다. 오디세우스는 그리스이고, 영어로는 율리시스다. 오디세우스가 트로이전쟁을 승리로 이끈 후 십년간의 바다 모험기가 바로『오디세이아』인데, 우리는 이 사내의 이름을 딴 작품을 다양하게 만날 수 있다. 몇 편만 예로 들면,『오디세이아』를 원전으로 한 20세기 현대소설의 정점 제임스 조이스의『율리시스』(1922), 밀란 쿤데라의 장편소설『향수』(원제는 무지L'ignorance, 2000), 마리오 카메리니 감독이 연출하고 커크 더글라스가 오디세우스 역을 맡은 영화〈율리시즈〉(1954), 테오 앙겔로풀로스 감독이 연출하고 하비 케이텔이 주인공으로 등장한 영화〈율리시즈의 시선The Gaze of Odysseus〉(1995), 신화와 성서 속 전원풍경과 해양화를 주로 그린 프랑스의 국보급 화가 클로드 로랭의 그림〈크리세이스를 아버지에게 돌려보내는 율리시스Ulysse remet Chryséis à son père〉(1648, 루브르박물관, 파리), 클로드 로랭을 숭배해서 그를 따라 신화의 무대를 해양화로

주로 그린 영국의 국보급 화가 윌리엄 터너의 그림 〈폴리페무스를 조롱하는 율리시스Ulysses Deriding Polyphemus〉(1848, 내셔널갤러리, 런던) 등이 그것이다.

아일랜드 출신 제임스 조이스의 『율리시스』는 십 년간의 에게해 표류담인 호메로스의 원작을 1904년 6월 16일 더블린에서의 하루 방황담으로 패러디한 작품이다. 체코 보헤미아 출신으로 프랑스에 귀화한 작가 밀란 쿤데라의 『향수』는 공산화된 조국을 떠나 파리에 정착한 이레나라는 여성이 이십 년 만에 개방된 조국의 프라하를 방문하는 귀향담으로, 원제 '무지'는 떠난 세월 동안 그곳에 남겨진 사람들과의 단절에서 오는 고통을 담고 있다. 쿤데라는 『향수』의 근간을 『오디세이아』의 구조에서 차용하고 있고, 내용 또한 소설 속에 직접 언급하며 수시로 끌어들인다. 그는 향수를 최초로 다룬 서사시가 『오디세이아』이고, "모든 시대를 통틀어 가장 위대한 모험가인 오디세우스는 가장 위대한 향수병자이기도 했다"고 진단한다. 제임스 조이스의 『율리시스』나 밀란 쿤데라의 『향수』나, 표 나게 호메로스의 『오디세이아』를 작품의 원형으로 내세우지만, 사실 모든 현대소설은 주인공이 물리적이든 심리적이든 현실(집)을 떠나 방랑하다가 귀향하는 『오디세이아』의 구조를 근간으로 한다.

트로이 언덕은 완만한 구릉지라 바다를 바라보려면 아테나 신전 터 동쪽 성벽 가까이 가야 한다. 성벽이라고 해야 잔돌만 겨우 남아서 니지막한 황무지 언덕일 뿐이다. 호메로스 시대에는 성벽 바로 아래까지 바닷물이 들어왔던 것으로 추정된다. 언덕에서 멀리 보이는 바다는 에게해와 다르다넬스해협의 마르마라해다. 내가 이스탄불에서 버스를 타고 장장 여섯 시간에 걸쳐 달려온 길의 양편에 해당되는 지역이다. 다르다넬스해협을 사이에 두고 에제아바트와 차낙칼레항이 마주 보고 있는 형국이다. 겔리볼루를 넘어 도착한 에제아바트는 내가 차낙칼레항을 향해 폭우 속에 해협을 건넌 항구인데, 일대는 전투 기념물과 호국영령을 기리는 묘지들이 산재해 있었다. 그리스와 터키의 국경지대인 이곳은 지리적인 요충지로 신화시대 이래 수많은 해전이 벌어졌고, 특히 겔리볼루는 제1차 세계대전에서 영불 연합군과 독일-터키 동맹군이 치열하게 접전을 벌인 장소로 기록되어 있다.

폐허의 트로이에서 오디세우스의 노래를 부르다

트로이Troy는 현지어로 트루바Truva, 고대어로는 일리
오스Ilios다. 『오디세이아』는 '오디세우스의 노래'라는 뜻
이다. 트로이전쟁 십 년, 그 이후 십 년, 총 이십 년 동안
집을 떠난 오디세우스의 여정을 담고 있다. 그의 뒤를 따
라 나는 지난 이 년 동안 그리스 쪽의 에게해를 거쳐 터키
쪽의 다르다넬스해협을 건너 트로이 언덕의 성터에 올라
와 있던 것이다. 백이십여 년 전, 한 독일인 소년의 열정에
비하면 나의 행로는 한갓 지나가는 바람에 불과했다.

한 소년이 있었다. 이름은 슐리만. 목사인 아버지는 밤
이면 아들에게 『오디세이아』의 전설적인 이야기를 들려주
었다. 소년은 자라 무역으로 엄청난 돈을 벌었고, 어릴 적
상상으로만 그리던 이야기의 무대를 직접 찾아 나섰다. 형
세를 보아 실재의 공간이라는 확신이 섰다. 그는 무역을
접고 아예 발굴에 생을 걸었다. 평범한 구릉지였던 곳이
신화의 현장으로 재탄생하는 데는 그리 오랜 시간이 걸리
지 않았다. 터키의 트로이 유적과 페르가몬(현대어로는 베르
가마)의 유적지는 독일인이 발굴해 세상에 알린 것으로 유

트로이 언덕에서 바라본 들판과 바다.

트로이 유적지에 재현되어 있는 목마.

명하다. 그런데 그들은 순수하게 발굴에 그치지 않고, 제국주의 국가들의 박물관 전시 경쟁에 사로잡혀 유물들을 본국에 통째로 밀반입한 것으로도 악명이 높다. 베를린의 페르가몬 박물관은 페르가몬의 조각상은 물론이고 성벽과 지붕, 서까래, 타일까지 떼다 전시하며 자랑하고 있는데, 아이러니하게도 그곳은 그들의 치부를 드러내는 현장이기도 하다.

트로이 언덕에는 바다를 향해 트로이 목마가 재현되어 있다. 이 트로이 유적 답사의 기점인 다르다넬스해협의 차낙칼레항 해변에는 영화 〈트로이〉의 세트로 제작된 트로이 목마가 재현되어 있다. 지루하게 십 년간 계속된 전쟁을 종결시킨 것은 잘 알려진 대로 지략가 오디세우스다. 그는 난공불락의 트로이 성문 앞에 목마를 세워놓고 그리스군이 퇴각한 것으로 위장. 트로이군이 목마를 성안으로 들이고 축제로 방심한 틈을 타 한밤중에 몰래 병사들과 목마에서 나와 성문을 열어 함락시킨다. 유적지에는 재현된 트로이 목마와 성의 규모와 터를 보여주는 푯말만 생생할 뿐 유물은 찾아볼 수 없었다. 언덕을 돌아 나오다가 아테나 신전 터 동쪽 기슭으로 발길을 돌렸다. 한때 바다였던 흔적으로 조가비라도 눈에 잡힐까 조심조심 올리브나무 아래로 내려갔다. 조가비는 눈에 띄지 않고 아득히 펼쳐진 평원 사이로 양 떼가 지나가고 있었다.

이스탄불, 가까이에서 멀리에서

:

파묵의 버스 여행과 케말의 바람부족 연대기

이스탄불, 파묵 소설에 펼쳐지는 두 세계의 영화榮華

　이스탄불에 가리라, 오랜 꿈을 품고 살았으나, 정작 내가 이스탄불행 비행기에 몸을 실은 것은 돌발적인 충동에 의한 것이었다. 나는 파리에서 모집된 다국적여행자들 틈에 끼어 보스포루스해협과 할리치만을 사이에 두고 유럽지구와 아시아지구를 넘나들며 터키식 영어를 구사하는 가이드가 이끌고 보여주는 대로 블루모스크와 아야소피아 성당과 톱카프 궁전 등을 돌아보았다. 항공과 숙소, 교통 예약까지 직접 계획을 짜고 움직이는 평소 여행 방식과는 다른 형국이었다. 낮에는 다른 여행자들과 옛 비잔티움과 콘스탄티노플 시대의 영화를 뒤쫓았고, 어둠이 내리고 나서야 개별 자유시간이 주어졌다. 나는 오르한 파묵이 소설 『내 이름은 빨강』에 호명했던 공간들과, 자전에세이 『이스탄불』에 새겨놓았던 흑백사진들의 잔상을 안고 밤거리들을 흘러 다녔다. 그래 봐야 기껏 구도심에 자리 잡은 대학가와 그랜드바자르 언저리였다. 갈라타 다리 건너 탁심 광장 근처까지는 이르지 못했다. 갈라타 타워에서 이스티클랄 거리를 관통해 탁심 광장에 이르는 베요글루 구역

● 이스탄불 탁심 광장.

은 오르한 파묵의 공간이었다. 그는 그곳 지한기르의 아파트에서 태어나 청년기까지 살았고, 보스포루스해협과 할리치만으로 이어지는 좌우 비탈진 골목들은 그의 유년기 놀이터이자 산책 공간이었다. 시월에서 십이월 사이, 수시로 이스탄불에 드나들면서, 이번에는 작정히고 이스티클랄 거리 옆 아파트를 얻어 짐을 풀었다. 지척에 파묵의 소설과 동명인 '순수 박물관'이 문을 열고 있었다. 좌우 비탈진 골목들이 거미줄처럼 얽혀 있는 1.5km의 이스티클랄 거리는 매일 밤이 축제였고, 새벽 서너 시까지 이방인들의 함성 속에 유흥의 불꽃이 꺼지지 않았다. 오래전 파리 센 강 옆 아파트 고미다락에서 체류하던 시절이 떠올랐다. 밤이면 밤마다 아파트 아래 카페에서 들려오던 음악 소리, 이방인들의 목소리……. 이곳 이스탄불 베요글루 이스티클랄 거리는 내가 머물고 있는 아나톨리아 고원과는 완전히 다른 세상이었다.

오늘날 베이올루라고 하는 대로이자, 공화국 이후에는 이스틱랄 대로라고 불릴 그랑 루 드 페라는 1843년에도 지금과 거의 비슷했다. 네르발은 메블레비하네를 지나가

208

면서 이 대로를 파리에 비유한다. 유행하는 옷들, 세탁소들, 금은방들, 깨끗한 진열장들, 사탕 가게들, 영국과 프랑스 호텔들, 찻집들, 대사관들, 시인이 프랑스 병원(오늘날의 프랑스 문화원)이라고 했던 곳을 지나면 그 장소는 놀랍고, 충격적이며, 두려운 형태로 끝나고 만다. 왜냐하면 오늘날 탁심 광장이라고 부르는, 어린 시절 이후 내가 그 근처에서 살았던 나의 세계의 중심인 가장 넓은 광장을, 네르발은 마차와 쾨프테, 수박이나 생선을 파는 사람들이 시간을 보내는 공터로 설명하고 있기 때문이다.

    – 오르한 파묵, 『이스탄불』 중에서

나는 여행길에 오르는 사람들에게, 런던이나 뉴욕, 더블린이나 파리에 갈 때, 그곳을 무대로 쓴 소설 한 권씩을 품고 가라고 권유하고는 한다. 예를 들면, 더블린에는 조이스의 『율리시즈』를, 뉴욕에는 폴 오스터의 『뉴욕 3부작』과 『브루클린 풍자극』을, 런던에는 버지니아 울프의 『댈러웨이 부인』이나 찰스 디킨스의 『올리버 트위스트』 또는 『두 도시 이야기』를, 그리고 파리에는 조르주 페렉의 『인생 사용법』이나 플로베르의 『감정교육』 또는 보들레르의

● 갈라타 타워에서 바라본 마르마라해와 톱카프 궁전.
보스포루스해협과 골든 혼의 물결이 마르마라해와 만난다.

『악의 꽃』 등이다. 사실 파리의 경우는 너무 많아서 한두 권 고르는 것이 괴로울 지경이다. 발자크의『고리오 영감』 서두에 묘사된 대로 파리의 팡테옹 언덕에 번져 있는 골목들을 쫓아가는 것, 마르셀 에메의『벽으로 드나드는 남자』의 흔적을 따라 몽마르트르의 골목들을 드나드는 것, 파묵의『내 이름은 빨강』이나『순수 박물관』에 소개된 대로 이스탄불의 현장 속에 들어가는 것.

내가 나고 자란 도시 이스탄불. 12년 만에 나는 몽유병 환자처럼 소리 없이 이곳으로 들어왔다. 누구나 죽을 때가 되면 고향의 부름을 받는다지 않는가. 죽음이 나를 고향으로 이끈 듯하다. 처음 이곳에 돌아왔을 때만 해도 오로지 죽음만이 나를 기다리고 있으리라 생각했지만, 후일 나는 사랑과도 마주치게 되었다. 그러나 그 사랑은 이 도시에 대한 나의 기억만큼이나 아득하고 잊힌 무엇이었다.

   – 오르한 파묵,『내 이름은 빨강 1』중에서

다국적여행자그룹의 일원으로 처음 이스탄불에 발을 들여놓았을 때, 안내자는 죽기 전에 보아야 할 이스탄불의 거창한 곳들로 우리를 차례차례 이끌었다. 그러나 정작 내가 보고 싶고, 오래 서 있고 싶은 곳은 위대한 명소들 옆 또는 이면에 자리 잡은 사생활의 장면들이었다. 예를 들면, 파묵의 소설 곳곳에 시간을 뛰어넘어 출몰하는 이런 구체적인 장면들.

쉴레이만 사원 옆에서 할리치만에 내리는 눈을 바라보고 서 있었다. (중략) 이스탄불로 들어오는 배들의 돛이 마치 나에게 인사를 보내듯 나부끼고 있었다. 돛들은 할리치만의 바다처럼 회색 안개빛을 띠고 있었다. 플라타너스와 삼나무들, 마을의 지붕들, 가슴을 저미는 황혼, 아랫동네에서 들려오는 상인들의 호객 소리와 사원 뜰에서 노는 아이들의 고함 소리가 내 머릿속에서 한데 엉겼다. 그것들은 내가 다시는 이 도시가 아닌 다른 곳에서는 살지 못할 거라고 말하고 있었다. 한순간, 수년 동안 나를 떠나버렸던 연인의 얼굴이 성큼 눈앞으로 다가들 것만 같은 생각이 들었다. 나는 비탈길을 내려와 사람들 속으로 들어갔다.

  - 오르한 파묵, 『내 이름은 빨강 1』 중에서

조이스에게 더블린이 그러했던 것처럼, 파묵의 소설은 모두 이스탄불에서 시작되고 끝난다. 이스탄불은 파묵의 도시라고 불러도 과언이 아닐 만큼 그의 소설과 삶에 압도적으로 아로새겨져 있다. 흥미로운 것은, 파묵이 부려놓은 서사적 장면들이, 옛 이스탄불 그러니까 콘스탄티노플에 열광했던 플로베르와 위고, 네르발 등에 의해 자각되고 강화되는 듯하다는 것이다. 이는 그의 소설이 이스탄불을 무대로 하고 있음에도 처음 펼쳤을 때부터 이상하리만치 익숙하고 친밀하게 다가오는 것과 무관하지 않다. 그의 소설 『눈』을 펼치면 맨 앞에 네 개의 헌사가 있는데, 로버트 브라우닝과 스탕달, 도스토옙스키와 조지프 콘래드의 문장들이다. 그의 하버드대학교 강연록인 『소설과 소설가』에 자주 언급되는 작가들은 플로베르와 도스토옙스키, 프루스트 등이다. 터키의 야샤르 케말이나 아지즈 네신의 소설과 비교하면 확연하게 구분될 정도로 파묵의 그것은 서구의 서사 방식을 충실하게 따르는 셈이다. 이런 사실과 더불어 그가 서사 언어로 계속해서 교직해내는 이스탄불의 다국적 특성을 간과할 수 없다. 이스탄불은 아시아와 유럽을 한 몸으로 끌어안는 동시에 터키 안과 터키 밖의 것이

자연스럽게 혼재하는 형국이기 때문이다.

이스탄불에서 이스탄불로,
새로운 인생을 찾아 떠나는 버스 여행기

어느 날 한 권의 책을 읽었다. 그리고 나의 인생은 송두리째 바뀌었다. (중략) 지금까지 한 번도 경험해보지 못한 고독감에 압도되었다. 그것은 지리도, 언어도, 관습도 모르는 나라에 홀로 남겨진 것 같은 느낌이었다. (중략) 내 얼굴 위로 비친, 책에서 뿜어져 나온 빛 속에서 허름한 방들, 폭주하는 버스들, 지친 사람들, 희미한 글자들, 사라진 마을과 사람들, 유령들을 보고 나는 두려움에 사로잡혔다. 여행이 있었다, 항상 여행이 있었다. 모든 것은 여행이었다. (중략) 썩어가는 도시의 냄새는 바다와 햄버거, 화장실과 배기가스, 휘발유와 오물 냄새가 진동하는 버스 터미널로 나를 이끌었다. (중략) 나는 알 수 없는 시간에 아무 버스나 골라잡고 올라탔다. (중략) 나는 수많은 버스에 올라탔고, 수많은 버스에서 내렸다. 수없이 많은 터미

널을 돌아다니며 버스에 올랐고, 버스에서 잠을 잤다. 밤
낮으로 버스를 탔다.

– 오르한 파묵, 『새로운 인생』 중에서

파묵의 『새로운 인생』은 이스탄불 공과대학생인 화자가
어느 날 한 권의 책을 읽고 심경의 변화를 일으켜 버스를
타고 터키의 곳곳을 떠돌아다니는 내용이다. 이스탄불에
서 출발해 이스탄불로 돌아오는, 오직 책에 쓰인 의미를
쫓아 밤낮없이 버스를 타고 이동하는 버스 표류기라고 불
러도 무방하다. 시월 초, 이스탄불에 두 번째 당도하면서,
오르한 파묵의 주인공처럼 버스를 타고 가능한 한 터키 전
역을 돌아다니고 싶었다. 이스탄불을 벗어나 동쪽으로 서
쪽으로, 남쪽으로 북쪽으로, 종횡무진 달려볼 생각이었다.
아나톨리아 고원에도 머물고, 흑해와 에게해, 동지중해에
도 닿을 것이었다. 국경을 넘어 베네치아에도 넘나들며,
『내 이름은 빨강』을 떠받치는 대립된 두 세계, 동양과 유
럽, 터키 이슬람회화의 수호자인 궁중 세밀화파와 베네치
아의 인간중심주의 세속화파 현장도 직접 확인해볼 것이
었다. 정말 그럴 수 있다면, 파묵의 『눈』의 무대였던 동부

국경지대부터 야샤르 케말의 『바람부족의 연대기』에 등장하는 동남부 투르크메니스탄 유목민의 터전이었던 추쿠로바의 숲과 골짜기까지 돌아보고 싶었다. 한국문화예술위원회 해외 파견 작가로 나에게는 터키에서의 삼 개월이 주어져 있었다.

　그는 에르주룸에서 가까스로 카르스행 버스에 올라탔다. 이스탄불에서 시작된 버스 여행은 이틀 동안 계속된 눈보라를 뚫고, 중간 기착지인 에르주룸 버스 터미널에 그를 데려다 놓았다. 손에 가방을 든 채, 지저분하고 질퍽질퍽한 복도에서 카르스행 버스가 어디에서 출발하는지 알아보는데, 누군가 그곳으로 향하는 버스가 곧 출발하려 한다고 일러주었다. (중략) 버스가 출발한 직후, 창가의 그 사내는 '어쩌면 새로운 것을 볼 수 있을 거야.'라는 기대에 차서 눈을 크게 뜨고 에르주룸 주변의 변두리 마을을 바라봤다. 작고 초라한 구멍가게들, 빵집, 허름한 찻집 같은 것을 훑고 있을 때 눈발이 흩날리기 시작했다.

　– 오르한 파묵, 『눈 1』 중에서

터키 서쪽 에게해 연안의 에페수스. 옛 소아시아로 헬레니즘 문화의 번영지다.
아르테미스 신전 폐허에 탑 하나가 홀로 서 있다.

터키 중부 전역을 이루는 아나톨리아 고원의 북부 사프란볼루.
흑해 연안에 위치하며 오스만제국의 전통가옥 보존 마을이다.

버스 여행 오디세이라고 부를 수 있는 『새로운 인생』은 1994년 발표되어 실질적으로 파묵을 터키를 넘어 세계적인 작가의 반열에 올려놓는 결정적인 역할을 했다. 이후 그는 『내 이름은 빨강』(1998)에서 16세기 오스만왕조를 배경으로 동서양의 교차로인 이스탄불과 터키의 정체성을 더욱 치밀하게 그려냈다. 이어 발표한 소설이 『눈』(2002)인데, 정치적인 이유로 독일로 망명해야 했던 주인공 카가 십이 년 만에 어머니의 부음을 받고 귀국해 이스탄불에서 동부 국경마을 카르스까지 버스에 오르는 행로에 초점이 맞추어져 있다. 밤낮 눈 내리는 설원에 펼쳐지는 이 여로형 서사시는, 오늘의 터키가 안고 있는 복잡한 문제, 즉 근대화의 주역인 케말주의자들과 그에 반하는 이슬람근본주의자들의 대립과 혼전을, 폭설로 고립된 카르스에서의 사흘간으로 표출한다. 이스탄불만 고집스럽게 소설화하던 파묵이 『새로운 인생』으로 버스 여행을 시작해 국경지대의 『눈』으로 끝을 본 셈이다.

아나톨리아 고원에 새겨진 소설의 길

　호라산에서 왔도다. 우리 어깨 위 빛나는 인장들. 늑대
무리처럼 이 세상 서쪽, 동쪽으로 가득 흩어졌도다. (중략)
이 바다에서 저 바다로 드높은 파도와 함께 떠다녔다. 이
해변에서 저 해변으로 밀려다녔다. 수많은 성, 도시, 마을
을 다녔고, 수많은 인종, 혈통들이 우리와 섞였다. 우리는
한 시대와 더불어 살았다.

　　– 야샤르 케말, 『바람부족의 연대기』 중에서

　이스탄불에 도착하면서 마음먹었던 터키 버스 여행은
절반의 성공으로 끝났다. 내가 주로 머문 곳은 아나톨리아
고원, 카파도키아의 카이세리. 4,000m에 육박하는 에르지
에스산이 오래전 용암을 뿜어 고원을 덮어버린 탓에 사방
척박하기 그지없는 기이한 바위투성이의 불모의 땅이었다.
한국인, 일본인, 중국인과 같은 동아시아 교민은 찾아볼
수 없었다. 이슬람전통이 강한 지역으로, 대학 캠퍼스에 히
잡을 쓰고 등교하는 여학생들도 적지 않게 볼 수 있었다.
　국제도시 이스탄불, 아나톨리아 중심부에 있는 수도 앙

카라, 남부 동지중해의 휴양도시 안탈리아, 서부 에게해 연안의 이즈미르, 에페수스의 셀주크, 카파도키아 등 세계 적으로 잘 알려진 여행지를 제외하면 터키 대부분 지역은 영어 소통이 불가능하다. 웬만큼 터키어를 구사하지 못한 다면 자동차 여행이나 버스 여행이 용이하지 않다. 더욱이 내가 터키로 떠나기 전부터 발발한 시리아 내전으로 국경 지대인 동부에는 밀려드는 난민 문제가 첨예하게 대두되 었고, 한국인 여행자에게는 일주일 단위로 동부여행 자제 메시지가 도착했다.

터키는 영토로 보면, 남한의 일곱 배에 달하는 광활한 대륙이다. 터키 국내여행은 주로 비행기와 버스를 통해 이 루어지는데, 버스를 이용할 경우, 한 도시에서 다른 도시 로 이동하는 데 최소 여섯 시간에서 열 시간을 훌쩍 넘는 장시간이 걸린다. 이스탄불에서 멀리 또 가까이, 비행기와 버스를 타고 수시로 파묵과 케말이 전하는 터키의 서사 현 장을 돌아보았지만, 내 행동반경은 동부 국경지대를 제외 한 아나톨리아 고원과 에게해 및 지중해 연안에 그치고 말 았다. 일반적 투어리스트 코스가 아닌, 파묵과 케말이 낸 소설의 길을 따르기에는 새로운 시간, 새로운 모험이 필요했다. 희망처럼, 뒤에 남겨놓은 길이 있으니, 돌아오는 발걸음이 무겁지 않았다.

수백 년이 지났다. 우리는 조각조각 나뉘었고, 숫자는 줄어들었고, 검은 텐트들은 해졌다. 높은 산, 물, 땅, 평원, 나라들에 이름을 붙이며, 우리 발자취를 남겼다. 아나톨리아에서는 카이세리산, 아으르산, 넴룻산, 빈보아산, 질로산을 보았다. 또 아나톨리아에서 크즐강, 예실강, 카사르야, 세이한, 제이한강을 보았다. 아나톨리아 평원, 소금호수, 붉은 기운이 감도는 노란 포도로 유명한 에게 평원……. 모두 우리가 이름을 붙여 주었다. 그 많은 강물, 평원, 산들에게, 아나톨리아 모든 곳에 우리 발자취가 남아 있다.

— 아샤르 케말, 『바람부족의 연대기』 중에서

찰나의 봄, 느린 사유

:

사색적 삶의 향기와 혁명적 사랑의 욕망

향기는 어디에서 오는가

바닷가 언덕에 봄기운이 번져간다. 서재 창 너머 하늘과 바다는 봄빛으로 충만하다. 빛은 시간을 품고 있다. 또한 계절을 품고 있다. 맑은 날, 겨울의 빛은 수정 같고, 봄의 빛은 새싹 같다. 겨울에서 봄 사이, 두 갈래 상충하는 빛 속에 들어앉아 기다린다. 누구를, 또 무엇을 기다리는 것이 아니다. 대상 없는 기다림이다. 기다림은 비우는 과정이기도 하고, 멈추는 과정이기도 하고, 견디는 과정이기도 하다.

기다림 속에 있다보면, 제일 먼저 향이 다가온다. 향은 지난 일월 파리에서 따라온 것이다. 파리에서 향을 공부하는 가브리엘의 집에 머물다온 여파다. 가브리엘의 공간은 온통 향으로 충만하다. 은방울꽃잎이 농축된 향, 장미꽃잎이 농축된 향, 미모사꽃이 농축된 향……. 소설을 읽고 쓰는 일이 본업인 나의 공간은 눈 닿는 데마다 책이다. 마찬가지로 향을 연구하는 가브리엘의 공간은 향과 관련된 것들이 자리 잡고 있다. 수십 개의 시향지로 유리병 속의 향들을 하나하나 불러내, 하나의 다채로운 향으로 조성하는

● 미모사.

가브리엘의 모습을 보고 있으면, 다양한 악기들의 소리를 조화롭게 연출하는 지휘자 같기도 하고, 수많은 단어들을 조율하여 문장으로 뽑아내는 소설가 같기도 하다.

향과 향이 만나 탄생한 새로운 향을 접할 때면, 눈을 감는다. 첫 향이 닿고, 두 번째, 세 번째 향이 다가오고, 머물고, 사라진다. 사라짐에는 농도와 밀도, 속도가 관계된다. 이들의 강약 속에 내 안의 것들이 일어나고, 소용돌이친다. 향은 철저히 기억에 의존한다. 기억은 되찾은 시간의 어떤 삶이다. 향, 기억, 시간은 다시, 프루스트의 세계로 귀결된다. 문학이든 철학이든, 시간에 관한 한, 프루스트를 벗어날 수 없다. 세상에 쓰인 '시간 담론'들은 모두 프루스트의 '시간 소설'『잃어버린 시간을 찾아서』로 향하고, 거기에서 다시 풀려난다. 리쾨르(철학, 『시간과 이야기』), 벤야민(문예학, 「프루스트의 이미지」), 들뢰즈(철학, 『프루스트와 기호들』), 주네트(문예학, 『서사담론』), 바르트(문예학, 『롤랑 바르트, 마지막 강의』), 그리고 한병철(철학, 『시간의 향기』)까지.

프루스트 소설의 핵심 체험은 잘 알려진 대로 보리수 꽃잎차에 담근 마들렌의 향과 맛이다. (중략) 향기로운 시간의 정수는 지속의 감정을 불러일으킨다. (중략) 지속성을 위한 프루스트의 전략은 시간을 향기롭게 만드는 것이다. (중략) 시간의 향기는 실제 향기를 타고 퍼져간다. 후각은 기억과 부활의 기관인 듯하다. (중략) 차의 향과 맛에서 촉발된 기억은 특히 강렬한 시간의 향기를 발산한다. 유년의 세계 전체가 이를 통해 소생하는 것이다. (중략) 단하나의 향기에서 잃어버렸다고 믿었던 유년의 우주가 깨어 일어난다.

– 한병철, 『시간의 향기』 중에서

시간과 향기, 찰나에서 영원으로

시간이 지속되는 한, 프루스트 읽기는 계속된다. 독자(인간)만 바뀔 뿐이다. 당대의 정서와 감각에 따른 독법(담론)이 생성되고 통용된다. 프루스트 읽기의 최근 작업은 한병철의 『시간의 향기』에서 확인할 수 있다. 이 책을 포함, 전작 『피로사회』 『심리정치』, 그리고 최근작 『에로스의 종말』 등 한병철 저작의 한국어 번역본은 한결같이 시

227

집처럼 초경량화된 형태지만, 서구의 철학, 문학, 미학의 축적된 지식을 전제로 하기에 일반독자가 단숨에 읽어갈 수 있는 내용이 아니다. 『시간의 향기』에서 집중적으로 다루는 프루스트의 장 「향기로운 시간의 수정」은 7편 11권으로 구성된 방대한 『잃어버린 시간을 찾아서』의 일부인 「스완네 집 쪽으로」「사라진 알베르틴」「되찾은 시간」을 대상으로 이야기한다. 『에로스의 종말』 첫 장 「멜랑콜리아」에서는 라스 폰 트리에 감독의 영화 〈멜랑콜리아〉를 대상으로 이야기하는데, 그의 사유를 온전히 수용하고 소통하기 위해서는 문학, 철학, 미학, 정신분석학, 신화학, 신학, 회화, 영화를 아우르는 통시적 파악과 공감각 능력이 요구된다. 내가 취한 독법은, 저자의 흐름을 따라가는 것이 아니라 나의 독서 편력과 관심 영역에 따라 선택하고 집중하는 것이다. 프루스트의 장을 예로 들면, 원작의 해당 부분을 다시 펼쳐 읽고, 기존의 담론들을 환기하면서 저자의 새로운 해석을 만나는 방식이다. 그가 대상으로 삼지 않은 텍스트가 소급되는 경우도 있다. 『에로스의 종말』을 펼치기 전에 에로스의 세계를 소설로 탐구한 토마스 만의 『베네치아에서의 죽음』을 읽어도 좋다. 소설 속에 펼쳐

일리에콩브레.
반투명 커튼 사이로 유년의 우주가 깨어나는 마르셀의 방.

지는 플라톤과 소크라테스의 에로스 담론을 『에로스의 종말』에서 다시 만나는 즐거움도 있다.

한병철에 따르면, 역사와 문학의 종말은 에로스의 죽음, 즉 시간도 서사도 획일화된 세계의 동일성에 기인한다. 사색적 삶을 회복하는 것만이 시간을 본질 그대로 경험할 수 있고, 혁명적 사랑의 욕망을 회복하는 것만이 에로스(생성, 미, 예술)를 되살릴 수 있다. 결국에 그가 제시한 시간과 에로스의 궁극은 '인간성의 회복' '인간다운 삶'이다. 익숙하고 진부한 명제를 새롭게 제시하고 환기하는 것이 철학자의 역할일 것이다.

사랑은 둘의 무대다. 사랑은 개별자의 시점에서 벗어나게 하고, 타자의 관점에서 또는 차이의 관점에서 세계를 새롭게 생성시킨다. (중략) 사랑을 새롭게 발명하는 것 (중략) 에로스는 완전히 다른 삶의 형식, 완전히 다른 사회를 향한 혁명적 욕망으로 나타난다. 그렇다. 에로스는 도래할 것을 향한 충실한 마음을 지탱해준다.

– 한병철, 『에로스의 종말』 중에서

한병철은 고유한 문체를 가진 문장가다. 심오한 내용이지만, 그의 문장은, 한번 접하면, 읽고 싶고, 계속 읽어가게 만드는 비상한 힘을 가지고 있다. 언어의 관능을 글쓰기의 본능으로 자각하고 실천했던 바르트처럼, 그가 선택한 '시간' '향' '기억' '에로스(사랑)' '멜랑콜리아' 등의 키워드들이 독자의 무의식, 언어의 성감대를 황홀하게 자극한다. 찰나 속에 영원을 꿈꾸는 독자에게, 새봄의 약동하는 빛 속에 머물며, 느리게 읽어나가기를 권한다.

사랑의 은유, 화해의 긴 여정

:

라히리와 숄닛의 어머니

사월의 봄날, 멀고도 가까운 이들의 초대

　사월이면 해운대 해변 동쪽 끝자락 미포에서 청사포, 구덕포까지 이어지는 달맞이 언덕길은 벚꽃 터널이다. 이 길과 나란히 바닷가 쪽으로 철길이 나 있다. 동해 남부를 완행으로 달리는 노선이다. 몇 년 전까지 한 시간에 두 번 기차가 지나갔으나, 해운대역과 송정역이 새 역사를 지어 옮기면서 이 구간은 폐철길이 되었다. 벚꽃이 피고 지는 봄이면 기차가 철길을 지나며 내는 기적소리에 가슴이 사무치고는 한다. 사무침은 대개 회고적이어서 대상이 분명하지 않다. 지나온 세월의 풍경 속에 벚꽃은 속절없이 피고 또 지고, 나는 기차가 다니지 않는 녹슨 철길 위를 파도 소리 들으며 걸을 뿐이다.

　흩날리는 벚꽃과 철썩이는 파도와 녹슨 철길을 뒤로하고 서재로 돌아오자, 줌파 라히리(『이 작은 책은 언제나 나보다 크다』)와 리베카 솔닛(『멀고도 가까운』)이 기다리고 있었다. 그들은, 벌써 한 달째, 봄꽃이 피기 훨씬 전부터, 내 책상 한편에 자리 잡고 있었다. 나는 그들을 초대해놓고 좀처럼 마주 앉지 못했다. 그들을 한자리에 부르기란 흔한

● 사무침.

일이 아니다. 그들은 내게 먼 듯 가까이, 아니 가까운 듯 멀리 있어왔다. 어디에 있든, 우리는 할 말이 많았다. 무엇보다, 어머니에 대해, 글쓰기에 대해, 작가이기 이전에 딸이라는 정체성, 딸로 살아간다는 것에 대해, 그리고 작가 본연의 임무, 인간에 대한 이해와 사랑에 대해.

라히리, 언어를 향한 사랑의 은유

내 인생 최초의 언어는 부모님께 물려받은 벵골어였다. (중략) 나와 영어의 첫 만남은 힘들고 불쾌했다. (중략) 영어를 읽을 수 있게 되자 벵골어는 한 발짝 뒤로 물러났다. (중략) 모국어 벵골어는 더는 홀로 날 성장시킬 수 없었다. 어떤 의미에서 내 모국어는 죽었다. 새어머니 영어가 왔다. (중략) 내가 집에서 영어를 말하기라도 하면 혼을 냈다. (중략) 난 벵골어와 영어 어느 것과도 일체감을 느낄 수 없었다. (중략) 부모님이 미국에서 거의 매일 부딪혔던 벽을 나도 보았다. (중략) 부모님께 어떤 용어의 뜻을 설명해야 할 때면 마치 내가 부모가 된 것 같았다. 때때로 나는 부모님을 위해 통역을 했다. (중략) 부모님이 무시받는 걸 보고 싶지 않았다.

– 줌파 라히리, 『이 작은 책은 언제나 나보다 크다』 중에서

줌파 라히리는 인도 벵골 출신의 부모님 사이에 런던에서 태어나 미국에서 성장하고 교육받은 이민 2세 작가다. 『이 작은 책은 언제나 나보다 크다』는 줌파 라히리가 모국어인 벵골어도 '새어머니어'인 영어도 아닌 제3의 언어, 이탈리아어로 쓴 첫 책이다. 그녀는 미국 인도계 이민가정의 장녀로, 유치원에서 영어로 교육을 받은 이후부터 영어로 이루어지는 공적인 일에 집안을 대표하는 역할을 어쩔 수 없이 수행하며 자랐다. 어린 나이부터 감당해야 했던 마음의 짐을 소설로 썼고, 그것으로 현재 미국을 대표하는 작가가 되었다. 마음의 짐이란 곧 불가항력적인 언어의 벽 앞에서 느껴야 했던, 해소될 수 없었던 감정들과 그로 인한 고독이다.

내가 오십 개 주로 이루어진 대륙의 규모와 다민족 공동체 세계의 특징을 파악하는 데는 몇 번의 여행이 필요했다. 로스앤젤레스나 시카고, 뉴욕 한인타운의 어느 지역은

1980년대 전후 서울의 일부를 그대로 옮겨놓은 채 시간이 정지해버린 듯한 느낌을 받았고, 영어를 구사하지 못해도 그곳에서의 생활이 가능하다는 것도 알게 되었다. 이민 사회의 애환과 향수를 접하고, 줌파 라히리의 소설을 만났다. 이민지에서 자식들 교육에 헌신하면서도 벵골어를 고집하는 어머니 아버지, 사이에 끼어 이중언어 사용자이자 통역자로 성장해야 했던 딸, 이 딸의 양가적 언어갈등과 무관하게 미국에서 태어나 미국인의 자의식을 가지고 자란 남동생 이야기가 먼 나라의 이야기로 들리지 않았다. 이러한 공감은 그들과 같은 처지로 살아가는 한인공동체의 실상과 이면을 속속들이 짐작해볼 수 있게 해주었다. 줌파 라히리의 소설이 미국인들의 절대적인 지지를 받고, 그녀가 미국 대표작가의 입지를 확보한 것은 이민가정마다 안고 있는 특수하고도 보편적인 사연들을 진솔하게 담아냈기 때문이다.

『이 작은 책은 언제나 나보다 크다』에서 '작은 책'은 손바닥 크기의 포켓판 '이탈리아어 사전'을 가리킨다. 짧은 산문들로 이루어진 이 책을 작가는 언어를 향한 사랑의 은유라고 고백한다. 책을 통해 독자는, 이민가정의 딸로서

로마. 문학의 집.

갖는 책임과 미국을 대표하는 작가의 명성을 내려놓고, 주어진 언어인 벵골어와 영어로부터 벗어나, 세상의 수많은 언어들 중 작가가 주체적으로 선택한 이탈리아어로, 글쓰기를 처음부터 다시 시작해나가는 눈물겹도록 아름다운 도전을 만날 수 있다.

솔닛, 치유와 화해의 긴 여정

당신의 이야기는 무엇인가? 이야기란, 말하는 행위 안에 있는 모든 것이다. (중략) 하나의 장소가 곧 하나의 이야기이며, 이야기는 지형을 이루고, 감정이입은 그 안에서 상상하는 행위이다. 감정이입은 이야기꾼의 재능이며, 이곳에서 저곳으로 건너가는 방법이다. 심장마비로 말을 잃어버린 노인, 처형인 앞에 선 젊은이, 국경을 넘는 여인, 롤러코스터를 타는 어린이처럼, 오직 책에서만 접해 본 사람이 되어 보는 것 혹은 나와 침대에 나란히 누운 옆 사람이 되어 본다는 것은 어떤 일일까?

– 리베카 솔닛, 『멀고도 가까운』 중에서

리베카 솔닛의 『멀고도 가까운』은, 어떤 의미에서, 줌파 라히리의 소설세계와 깊숙이 맞닿아 있다. 가족 구성원으로서 딸의 의미와 역할, 어머니를 통해 나타나는 인간의 나약과 부조리(그릇된 집착과 오해와 불균형), 그리고 이 모든 것에 맞서며 써나가야 하는 작가의 운명(글)과 삶의 이야기가 그 접점이다.

단도직입적인 질문 형태로 시작되는 서두가 얼핏 글쓰기에 관한 책으로 보이게 하지만, 사실 이야기의 핵심은 어머니, 알츠하이머병을 앓다가 세상을 뜬 어머니와 글쓰기에 있다. 솔닛은 알츠하이머병 증세가 심해지면서 어머니가 더 이상 집에 머물 수 없게 되었을 때, 어머니 집의 살구나무에서 따 온 마지막 살구들을 집 안에 들이면서 이야기를 풀어간다. 책은 열세 개의 키워드로 구성되어 있고, 살구가 처음과 끝을 담당한다. 작가가 집 안에 품은 살구들은 오랫동안 어머니의 삶을 지켜보며 동반자로 함께해온 살구나무의 마지막 열매들이고, 그렇기 때문에 작가에게는 어머니라는 존재를 회상하도록 돕는 결정적인 매개체다. 싱싱한 살구가 시간의 흐름 속에 아름다운 빛과 향을 내는가 하면, 변색되고 썩어가는 과정을, 작가는 때로는 격정에 치달으며 때로는 담담하게 관조하며 그려나간다.

어머니는 아들들에게는 당신의 문제를 늘 숨겨 왔다. 그들은 어머니의 가장 좋은 모습만 상영하는 극장의 관객이었고, 어머니도 그걸 바라셨다. 나는 늘 무대 뒤에, 상황이 훨씬 더 지저분한 곳에 머물렀다. (중략) 응급상황이 닥쳤을 때 어머니가 전화를 거는 대상은 언제나 나였다. 한번은 왜 다른 형제들에게는 전화를 하지 않고 늘 나만 찾느냐고 어머니에게 물어보았다. 어머니는 이렇게 대답했다. "음, 너는 딸이잖아." 그러고는 덧붙였다. "너는 온종일 집 안에만 있으면서 아무것도 안 하잖아." 작가의 삶은 그렇게 묘사될 수도 있었다.

－ 리베카 솔닛, 『멀고도 가까운』 중에서

세상의 딸들이 어머니와 맺는 관계는 대략 두 가지다. 사사건건이 충돌하고 불화하는 대결 구도와 한쪽(대개 어머니)이 일방적으로 헌신하고 돌보는 희생 구도. 어느 쪽이든 딸은 애증과 연민에서 벗어날 수 없다. 『멀고도 가까운』은 어머니와의 관계가 전자의 경우였던 리베카 솔닛이, 어머니가 돌아가시고, 해원解冤과 화해의 방법으로 써 내려간 책이다. 어머니 이야기를 들어보고, 그 입장이 되어보고, 그리고 더 많은 이야기를 찾아보면서.

글쓰기의 본질은 성찰과 구원에 있다. 결핍과 과잉, 부조리와 부조화가 낳은 불행한 의식과 관계로부터의 해방, 이 여정에서 라히리는 이탈리아어(제3의 언어) 이야기를, 솔닛은 살구(회상의 매개) 이야기를 들려준다. 존재의 바닥까지 내려가서 치유와 화해의 가능성을 퍼올리는 문장은 감동적이다. 이야기는 힘이 세다.

● 살구. 어머니 이야기의 처음과 끝.

사소설로 만나는 후지산, 삼경三景

:

다자이 오사무의 미사카 고개, 가와구치 호수, 그리고 후지산

사소설과 우키요에로 만나는 후지산

미사카 고개에 올랐을 때, 거대한 구름 띠가 후지산 봉우리를 에워싸고 있었다. 구름은 방금 산의 오른쪽으로 넘어간 석양의 여운으로 황금빛을 두른 듯했다. 판에 박힌 모습으로 우리의 뇌리에 각인되어 있으나, 정작 찾아가면 좀처럼 진면목을 볼 수 없는 장면들이 있는데, 후지산이 그러하다. 지난 1월 28일, 미사카 고개에 이르기까지 나는 후지산을 세 가지 방식으로 만났다. 처음에는 일본화가들의 우키요에 그림으로 만났고, 다음에는 실제 후지산 기슭까지 차로 올라가보았고, 마지막으로 그러한 경험들을 반추하며 다자이 오사무의 소설「후지 산 백경」의 문장들을 따라가는 것이었다.

후지 산의 정각頂角, 히로시게(歌川広重)의 후지 산은 85도, 분초(谷文晁)의 후지 산도 84도 정도지만 육군의 실측도에 의해 동서 및 남북으로 단면도를 작성해보면 동서로 종단한 각도는 124도가 되며, 남북은 117도이다. 히로시게, 분초의 그림뿐 아니라 대체적인 그림에서 후지 산은

● 후지산 설봉.

준초峻峭하다. 봉우리는 뾰족하며 높고 화사하다. 호쿠사이(葛飾北斎)의 그림에 이르러서는 그 각도가 거의 30도 정도여서 에펠탑과 같은 후지 산까지 그리고 있다. 하지만 실제 후지 산은 둔중하기 이를 데 없고, 느릿느릿하게 펼쳐져 있어, 동서로 124도, 남북으로 117도로 결코 높은 산이 아니다.

– 다자이 오사무, 「후지 산 백경」 중에서

「후지 산 백경」은 다자이 오사무가 미사카 고개에 있는 덴카차야(천하찻집)에 머물며 후지산의 다채로운 장면들을 눈으로 보고, 가슴으로 새겨 쓴 사소설이다. 사소설이란 일본의 독특한 소설형식으로 작가의 사생활을 그대로 소설에 옮겨 쓴 것을 말한다. 남으로는 시즈오카현, 북으로는 야마나시현에 걸쳐 있는 후지산은 해발 3,776m의 일본 최고봉으로 작가들과 화가들에게 절대적인 사랑을 받고 있는 일본의 정신, 일본 혼의 상징이다. 소설로는 가와바타 야스나리의 『설국』, 다자이 오사무의 「후지 산 백경」이 대표적이다.

미사카 고개는 고후에서 도카이도(東海道)로 나오는 가마쿠라(鎌倉) 길목의 요충지로, 후지 산 북쪽 면의 대표 관망대로 알려져 있다. 여기서 바라보는 후지 산은 예부터 후지 산 삼경(景) 중 하나로 여겨지고 있다지만, 나는 이에 대해 탐탁하게 생각지 않을 뿐만 아니라 경멸하기조차 했다. 너무나도 판에 박은 후지 산이기 때문이다. 지나치게 한가운데 후지 산이 자리하고 있고, 그 아래로 가와구치(河口) 호수가 하얗고 차갑게 펼쳐져 있어 근경의 산들이 그 양 끝에 고즈넉이 움츠리며 호수를 껴안듯 하고 있다. 나는 이 풍광을 얼핏 보고는 당황스레 얼굴을 붉혔다. 이 풍광은 마치 목욕탕의 싸구려 그림 같다. 연극 무대의 배경 그림이다. 아무리 봐도 주문해 그린 간판 그림이어서 나는 부끄러워 견딜 수가 없었다.

　　– 다자이 오사무, 「후지 산 백경」 중에서

다자이 오사무의 소설로 읽는 후지산

다자이 오사무가 후지산 북부 야마나시현 해발 1,300m

● 가와구치 호수에서 바라본 후지산.

미사카 고개의 덴카차야를 찾아간 것은 자살 시도와 아쿠타가와상 수상 실패 직후다. 당시 덴카차야에는 오사무의 스승 이부세 마스지가 머물고 있었다. 오사무는 "마음을 새로이 다잡을 각오로" "가방 하나 달랑 메고" 스승을 찾아가 두 달 넘게 그곳에서 시간을 보냈다. 그리고 "그날 이후 싫어도 후지 산과 정면으로 마주"한 과정을 소설로 쓴 것이 「후지 산 백경」이다. 마음의 흐름을 후지산의 다채로운 모습에 투영해 그려낸 것인데, 소설의 화자인 '나'는 처음에는 후지산을 경멸스럽게, 목욕탕 벽에 그려진 페인트 그림같이 조악한 대상으로 바라보다가 마지막에 가서는 찬탄의 대상으로 경외감을 갖는다. 후지산이 긍정적 인상으로, 경외스러운 존재로 바뀌는 계기는 어떤 한순간, 사진 속 한 장면에서 비롯된다. 사정은 이러하다. '나'는 덴카차야에 머무는 동안 이부세 씨를 따라 고후에 가서 한 여인과 맞선을 보는데, 이 여인이 고개를 돌리고 다가오는 사이, 이부세 씨가 "어어, 후지 산이네" 하고 중얼거린다. 그 순간 여인의 얼굴을 보려던 나의 관심은 이부세 씨가 경탄조로 중얼거린 대상에게 쏠렸고, 나는 뒤쪽 벽면으로 고개를 돌렸다. 거기에는 "후지 산 정상에 있는 대분화구

248

의 조감도가 액자 속에 고즈넉이 담겨 있었다". 나는 그 모습이 "새하얀 수련 꽃" 같다고 느낀다. 이 느낌은 그대로 여인에게 이행되고, 그녀에게 싹튼 사랑의 감정은 다시 후지산으로 이행된다.

나는 내 방 유리문 너머로 후지 산을 보고 있었다. 후지 산은 느긋하게 말없이 우뚝 서 있었다. 역시 후지 산은 훌륭하다고 새삼 느꼈다.

"멋지군. 후지 산은 역시 멋진 데가 있다니까. 제 구실을 잘하고 있어."

후지 산에는 당해낼 수가 없다고 새삼 느꼈다. 수시로 곧잘 바뀌는 나 자신의 애증이 부끄러웠다. 후지 산은 과연 훌륭하다. 제 역할을 참 잘하고 있다.

– 다자이 오사무,「후지 산 백경」중에서

가와구치 호수에서 바라본 후지산

다자이 오사무는 실제 덴카차야 2층에서 소설 속 여인

미사카 고개 덴카차야(천하찻집).
다자이 오사무가 체류하며 「후지 산 백경」을 쓴 집필지이자 소설의 무대.

덴카차야 2층 다자이 오사무 기념실.

과 결혼식을 올렸고, 현재 미사카 고개에 가면 이 찻집이 문을 열고 있다. 그리고 다자이 오사무의 방도 그대로 보존되어 있다. 미사카 고개와 후지산 사이에는 가와구치 호수가 가로놓여 있다. 호숫가에는 가와구치코 미술관이 자리 잡고 있는데, 후지산을 그린 우키요에 화가들의 그림과 후지산을 다양한 각도에서 찍은 경연대회 수상 사진들이 전시되어 있다. 후지산 사진 상설전시관이라고 할 수 있다. 해질녘 덴카차야에 한 시간 정도 머물다 가와구치 호수로 내려와 호반을 걸으며 후지산을 완상했다. 미사카 고개에서 건너다보는 후지산은 웅장하고, 가와구치 호수에서 바라보는 후지산은 수려하고 서정적이었다. 그리고 어둠이 내릴 무렵 호수 맞은편, 그러니까 후지산 기슭 가까운 숙소에 여장을 풀었다. 창문으로 후지산을 바라볼 수 있는 방이었다. 밤이 깊어갔다. 창문을 열고 테라스로 나가 정면을 응시했다. 깜깜한 밤하늘에 별이 찬란할 뿐 후지산은 보이지 않았다. 한동안 움직이지 않고 같은 방향을 바라보았다. 어둠 속에 더 깊고 단단한 어둠이 삼각형 모양으로 자리 잡고 있었다. 숙소를 나가 방금 바라보던 그 방향으로 정원을 걸었다. 자정이었다. 이번 여행의 목적은 보이나 안 보이나 마음과 눈을 후지산 쪽에 두고 후지산과 대면하는 것이었다. 싫으나 좋으나 후지산과 대면하면서 「후지 산 백경」을 쓴 다자이 오사무처럼. 다음 날 아침, 눈을 뜨자마자 창밖을 바라보았다. 검붉은 구름의 호위를 받으며 후지산이 위엄스레 솟아 있었다. 날이 밝도록 나는 그 자리에서 움직이지 않았다. 설산 설봉이 파란 하늘 아래 본래의 진면목 그대로 내 눈에 새겨지도록. 후지산이란 무엇인가. 다자이 오사무는 자신을 예술과 동일시한 작가다. 그는 예술로서 소설을 썼다. 「후지 산 백경」은 소설로 쓴 예술의 탐구, 미의 여정이다.

글쓰기와 애도, 삶에서 문학으로

:

바르트의 세르부르와 피레네, 바욘

죽음 앞의 글쓰기

리뷰나 서평 자체가 불가능한 책들이 있다. 줄거리를 잡아 소개하기 난감할 정도로 복잡한 실험서나 처음부터 끝까지 천천히, 가능한 한 더디게 읽고 싶은 매혹적인 문학서가 그것이다. 독자의 인내력을 실험하는 로렌스 스턴의 『트리스트럼 샌디』나 로베르트 무질의 『특성 없는 남자』가 전자의 경우라면, 독자의 정신과 감각을 사유와 문장으로 극대화하는 롤랑 바르트의 책들이 후자의 경우다. 그런 의미에서, 어쩔 수 없이 이 글은 롤랑 바르트를 향한 고백의 형식이 될 것이다.

롤랑 바르트는 문학비평가이자 문화기호학자이며 문예철학자이고, 이를 토대로 강단에서 문학과 문화와 철학을 강의하던 교수다. 그는 창작자, 시인도 소설가도 아니다. 그러나 그의 문장은 보들레르와 랭보의 그것처럼 전염성이 강하다. '사진에 관한 노트'라는 부제가 달린 『카메라 루시다』를 처음으로 펼쳐보던 오래전 그 순간을 어떻게 설명할 수 있을까. 바르트가 어느 날 겪었다는 '사토리(惡り, Satori)', 곧 '황홀체험'으로밖에 달리 명명할 방도가 없

다. 바르트의 문장을 접한 뒤, 나는 더 이상 이전의 내가 아니었다.

　내가 사진이라는 매체에 눈을 뜨고 열렬해진 것은 순전히 바르트 덕분이다. 무거운 카메라백을 메고 유럽을 돌아다니며 사진을 찍고, 문학작품과 영화, 옷은 물론 내 삶을 둘러싼 자잘한 사물들과 적극적으로 소통하기 시작했다. 바르트와 함께라면 삶의 모든 순간과 장면이 작품을 향해 스며들고 공명하고 반향을 일으켰다. 바르트 자신이 단테를 통해 꿈꾸었던 '비타 노바Vita Nova', 곧 새로운 삶이 내게 열린 것이다. 내 청춘은, 사진에 관한 에세이이자 담론인 『카메라 루시다』와, 문학작품을 대상으로 시도한 사랑단어 사전인 『사랑의 단상』과 함께 흘러갔다.

　롤랑 바르트의 책이 한국에 번역 소개되기 시작한 것은 『카메라 루시다』(1986)부터다. 『카메라 루시다』가 마니아 독자층을 중심으로 깊게 번져갔다면, 『사랑의 단상』은 문학도를 비롯한 독자들에게 폭발적인 반응을 보였다. 미슐레 추종자인 바르트가 사랑의 매개어로 인용한 "나는 그 사람이 아프다"라는 문구는 최근까지 책 광고에 공연하게 사용되고 있다. 또한 『사랑의 단상』이 소개된 이후, 한국

시인과 소설가들이 일상과 문학에서 항목을 특화해 어휘 사전들을 집필하는 광경도 연출되었다.

『카메라 루시다』를 시작으로 바르트의 공식 저작들은 거의 다 국내에 소개되었다. 『롤랑 바르트, 마지막 강의』와 『애도 일기』는 바르트의 유작집이다. 한국 독자들에게는 늦게 소개되었지만, 『롤랑 바르트, 마지막 강의』(1979년 12월~1980년 2월) 『애도 일기』(1977년 10월 26일~1979년 9월 15일) 『카메라 루시다』(1979년 4월~6월)는 같은 기간의 사유들이다. 『롤랑 바르트, 마지막 강의』는 '소설의 준비: 삶에서 작품으로'라는 제목의 콜레주드프랑스 강의록이고, 『애도 일기』는 어머니의 죽음 이후 노트를 접어 만든 쪽지에 쓴 일기이고, 『카메라 루시다』는 사진의 이미지를 통해서 어머니를 추억하는 사진 노트다. 『카메라 루시다』를 처음 읽었을 때, 나도 모르게 감정이입이 깊이 되어 그 안에서 꼼짝 않고 있었는데, 홀어머니 밑에서 어렵게 자란 소년이 세계적인 석학이 되어서도 늘 어머니와 함께했다는, 특별한 삶의 결속과 사랑이, 나와 내 어머니의 관계를 떠올리게 했다. 아스라하면서도 찌르듯 아픈 슬픔의 정조가 어휘와 문장, 행간과 단락마다 깊이 스며들어 있었다. 이처럼 바르트의 문장을 에워싼 심연과도 같은 슬픔의 근원은 어머니의 죽음에 있었다.

　　몹시 당황스러운, 그러나 조금 위안을 가져다주는 생각. 그녀가 나의 "모든 것"은 아니었다는 생각 만일 그랬다면, 나는 아무런 글도 쓰지 못했으리라. 하지만 그녀를 돌본 지난 6개월 동안에는 정말 그녀가 나의 "모든 것"이었다. 내가 글을 써왔다는 사실을 나는 완전히 잊어버렸다.
　　– 롤랑 바르트, 『애도 일기』 중에서

『애도 일기』는 누군가의 쪽지를 읽어가듯 담담하다가 어느 순간 흘러내리는 눈물을 막을 수가 없다. 얼굴은 눈물로 얼룩지고, 가슴은 불타오르듯 뜨거워지지만, 어휘와 문장, 행간이 이끄는 것은 '대체할 수 없는' 어머니의 빈자리를 응시하는 슬픔과 고독이다. 길어도 한 페이지를 채우지 않는, 짧은 단어와 한두 문장은, 문자 너머 거대한 우주를 향한다. 바르트 특유의 '순간을 낚아챈 의식'이 아프면서도 매혹적으로 살아나, 슬픔과 황홀을 동시에 던져준다.

울적한 오후, 잠깐 장을 보러 간다. 제과점에서 (별 생각도 없이) 피낭시에 하나를 산다. 작은 여점원이 손님을 도와주다가 말한다. 부알라Voila. 마망을 돌볼 때 그녀에게 필요한 걸 가져다줄 때면 내가 늘 말했던 단어. 거의 돌아가실 즈음, 한번은 반쯤 정신이 혼미한 상태에서 그녀는 메아리처럼 그 단어를 따라 했었다. 부알라("나 여기 있다"라는 그 말. 그녀와 내가 평생 동안 서로에게 했던 말.)

　　– 롤랑 바르트, 『애도 일기』 중에서

　평소 바르트의 글을 읽을 때는 제목, 괄호, 각주, 참고문헌에 이르기까지 지극한 마음으로 임한다. 『롤랑 바르트, 마지막 강의』는 어머니가 죽고, 삼 년 뒤 그가 교통사고로 죽음을 맞이하기 전까지, 그를 사로잡은 작품과 인물들을 대상으로 이야기한다. 콜레주드프랑스에서 강의하며 그가 가장 많이 언급한 장르는 하이쿠이고, 그가 가장 많이 호명한 작가는 프루스트와 플로베르다. 공교롭게도 프루스트와 플로베르는 어머니의 절대적인 보호와 보살핌 아래 평생 독신으로 작품만을 쓰다가 죽은 작가들이다. 바르트가 '비타 노바(새로운 삶)'라는 제목으로 소설 쓰기를 꿈꾸었다는 점, 그리고 그것이 '소설의 준비: 삶에서 작품으로'의 여정이었다는 점을 주목하며, 새삼 소설이란 무엇인가 하는 오래된 질문을 던져본다.

소설은 세계를 사랑합니다. 왜냐하면 소설은 세계를 혼합하고 또 포옹하기 때문입니다.
– 롤랑 바르트, 『롤랑 바르트, 마지막 강의』 중에서

피레네 대서양 연안의 바욘, 바르트 쪽으로

대서양 연안의 항구 라로셸에서 대서양 연안을 따라 남쪽으로 향했다. 목적지는 피레네 대서양 바스크 지방의 바욘. 노르망디의 군항軍港 셰르부르에 이어 롤랑 바르트의 족적을 따라가는 여정이었다. 라로셸과 보르도 구간은 메도크, 마고, 생테밀리옹, 포이야크 등 세계적인 와인 산지를 거느리고 있어서 도로 양편으로 펼쳐지는 포도밭 풍경이 장관이었다.

메도크, 마고, 생줄리앙을 지나 보르도에 이르렀다. 자

동차는 포도밭 사이를 힘차게 달리더니 보르도를 통과하는 데는 한 시간 가까이 정체를 겪었다. 겨울 해는 뉘엿뉘엿 기울어 어둠이 내려앉았고, 하늘에서는 또다시 빗방울이 떨어지기 시작했다. 프랑스의 겨울은 파리의 센강이 범람할 정도로 우기였다. 보르도를 지나서 바욘으로 내려갈수록 빗줄기가 굵어졌다. 마드리드행 열차를 타고 피레네를 넘은 적은 있지만, 자동차를 타고 보르도에서 남쪽으로, 피레네를 향하는 것은 처음이었다. 겨울밤의 어둠과 비. 여행자로서는 제일 피하고 싶은 두 가지였다. 어서 바욘에 도착해서 숙소에 여장을 풀고, 바르트가 좋아하는 것이라고 책에 명시해놓은 메도크 포도주나 부지 샴페인 한모금으로 피로를 달래고 싶었다. 가도 가도 줄어들지 않고 끝없이 이어지는 듯한 단조롭고 어두운 도로의 전방을 직시하며, 내일 아침에는 비가 그치고 청명하기 그지없는 하늘을 볼 수 있으리라 주문을 걸었다. 비 그친 니브강과 아두르강 변은 어떤 풍경일까.

일부러 즐겨 가고는 하는 길은 아두르강 우안을 따라 난 길이다. 그 길은 옛날에 배 끌이에 쓰이던 길인데, 농

바욘.
피레네 대서양 인접 바스크 지방 도시로 니브강이 도심에 흐른다.

가들과 멋진 저택들이 길 따라 죽 들어서 있다. 내가 이 길을 좋아하는 것은 자연스럽다는 점과 남서부 지방 특유의 고상함과 친근함이 적절히 배합되어 있다는 점 때문인 것 같다. (중략) 내 추억 속에서 니브강과 아두르강 사이, 사람들이 '작은 바욘'이라고 부르는 옛 동네의 냄새들보다 더 중요한 것은 아무것도 없다.

— 롤랑 바르트, 『소소한 사건들』 중에서

결국 나는 빗속에 바욘에 도착했다. 저녁 7시경이었으나, 세찬 빗줄기가 쏟아지는 검은 하늘 때문인지, 피레네 산맥 아래 자리 잡고 있어서인지, 밤이 훨씬 깊은 느낌이었다. 숙소는 바스크 풍의 요새의 일부를 현대적으로 리모델링한 곳이었다. 4층 숙소에 들어가자마자 창문을 열었다. 쏟아지는 빗줄기 사이 찌르듯 눈부신 빛이 폭발했다. 동시에 수천만 개의 빗줄기가 검은 허공으로 치솟아 함성을 만들듯 엄청난 소리가 고막을 울렸다. 내려다보니 축구 경기장이었다. 빗속에 야간경기가 한창이었다. 열린 창문 틈으로 빗줄기가 들이쳤다. 아침에 라로셸에서 일출을 본 것이 며칠 전 일인 양 아득하게 느껴졌다. 나무 덧문을 닫고, 유리문도 닫았다. 어서 잠들어, 바욘의 아침을 맞이하고 싶었다. 아침 창문을 열면, 이런 장면을 볼 수 있을지도 몰랐다.

호텔 창문으로 내다보면, 인적 드문 산책로에(아직 이른 일요일 아침. 멀리 사내아이들이 축구 하러 바닷가로 가고 있다) 양 한 마리와 꼬리를 바짝 세운 작은 개 한 마리가 보인다. 양은 개를 한 걸음 한 걸음 뒤따라간다.

– 롤랑 바르트, 『소소한 사건들』중에서

비는 밤새 여름 장대비처럼 줄기차게 붉은 기왓장을 두드리더니, 아침이 되자, 놀랍게도 그쳐 있었다. 바욘은 세르부르에서 태어난 바르트가 한 살이 채 되기 전에 해군에 복무 중이던 아버지를 전쟁에서 잃고, 스물다섯 살의 젊은 어머니 품에 안겨 와 유년기를 보낸 외가 지역이었다. 그에게 바욘은 어머니처럼 그의 삶을 지탱해주는 의지처이자 위안처였다. 아침햇살과 함께 깨어나는 중세도시의 모습을 두 눈으로 직접 확인하기 위해 밖으로 나갔다. 니브강과 아두르강이 만나는, '작은 바욘'이라 불리는 강변에 이르자 한창 장이 서고 있었다. 어디에서 나타났는지 한 떼의 음악대가 활기를 일으키면서 장터를 휘젓고 갔다. 나는 뜻하지 않게 행렬 속에 휘말려 뒤섞여 걸었다. 행렬로부터 빠져나와 강변에 놓여 있는 다리 쪽으로 걸었다. 약도에는 다리 건너 왼편에 서점이 하나 있었고, 오른편에 광장이 하나 있었다. 나는 서점으로 내려갔다가 다시 다리를 건너 광장으로 방향을 잡았다. 다리를 건너는 중에 노란 미모사 꽃다발을 들고 가는 소녀를 만났다. 소녀의 발걸음은 마치 허밍으로 노래를 부르는 듯한 착각이 들 정도로 경쾌했다. 광장으로 가던 길을 멈추고, 미모사 꽃의 출처를 찾았다. 머리에 보자기를 두른 혈색 좋은 할머니가 나무상자 위에 미모사 꽃을 수북하게 쌓아놓고 있었다. 나도 소녀처럼 미모사 꽃다발을 사고 싶었다. 그러나 나는 한 시간 후면 바욘을 떠날 것이었다. 바욘에서 대서양의 기암절벽 해안가 비아리츠로, 그리고 비아리츠에서 피레네 산맥 너머 스페인으로, 여행은 계속될 것이었다. 비아리츠는 바르트가 고등학교에서 이 년간 교편을 잡았던 곳이다.

● 비아리츠. 프랑스 남서쪽 피레네 국경 대서양 연안 고급 휴양지.
바르트는 비아리츠의 고등학교에서 이 년간 교편을 잡았다.

옛날에는 바욘과 비아리츠 사이를 운행하던 백색 전차
가 있었다. 여름에는 무지개차를 달고 다녔는데, 그걸 산
책차(관람용 무지개차)라 불렀다. 모두 그 차를 타고 싶어
했다. 시끄러움이 거의 없는 시골 도로변 풍경을 바라보
면서 사람들은 경치, 움직임, 신선한 공기를 한꺼번에 향
유하고는 했다.

　　　－롤랑 바르트, 『롤랑 바르트가 쓴 롤랑 바르트』 중에서

다리 건너 니브대학교 교정에는 롤랑 바르트 광장이 있
었다. 나는 광장을 에둘러 장터의 미모사 꽃 파는 할머니
에게 갔다. 그리고 망설임 없이 미모사 꽃 한 다발을 샀다.
꽃다발을 만들어주는 할머니가 투박하고 아름다웠다. 사
진을 몇 컷 찍었다. 사진을 찍다보니, 할머니의 손이며, 허
리며, 얼굴이 클로즈업되어 보였다. 바르트가 프루스트의
어머니, 아버지, 동생 등 가계 사람들의 흑백사진을 보고
기록한 글들이 떠올랐다. 그것은 프루스트를 둘러싼 사람
들, 그들의 생김새와 표정들이 소설 속에 어떻게 아로새겨
지는가를 살펴보는 작업이었다. 누군가의 문학이 비롯되
는 원형들, 삶이 문학이 되는 진실한 힘들. 나는 노란 미모

사 꽃다발을 받아 들고, "할머니 예뻐요!" 하고 외쳤다. 미모사 꽃과 함께 은빛 물결 출렁이는 비아리츠로 향했다.

● 니브강 변 아침 시장의 미모사.

- 도스토옙스키와 고골, 그리고 이장욱의 상트페테르부르크
- 토마스 만의 베네치아
- 한강과 박솔뫼의 광주
- 에코와 김엄지, 그리고 오한기의 환상 공간
- 퍼서지에서 짧은 소설 읽기
- 김채원과 나, 정릉과 광화문 사이

4부

상트페테르부르크, 백야의 소설 현장 속으로
:

도스토옙스키와 고골, 그리고 이장욱의 상트페테르부르크

러시아 문학예술의 수도 상트페테르부르크

　밤 10시 42분, 모스크바의 레닌그라드역에서 상트페테르부르크행 열차에 올랐다. 러시아의 야간열차는 크라스노야르스크에서 이르쿠츠크까지 열여덟 시간 동안 이동한 시베리아 횡단 열차 이후 두 번째였다. 상트페테르부르크의 모스크바역에 내린 것은 다음 날 새벽 6시 32분. 잿빛 하늘에 빗방울이 오락가락했다. 발트해와 핀란드만을 달리며 푸시킨의 장시 한 대목을 음송했다.

　　이곳에 도시를 건설하리라.
　　이곳에 유럽으로 향하는 창문을 내고
　　강건한 다리로 바다를 내딛도록
　　자연이 우리의 운명에 지시했도다.
　　(중략) 너를 사랑하노라, 표트르 대제의 창조물이여······.
　　　- 알렉산드르 세르게비치 푸시킨, 「청동의 기사」 중에서

　푸시킨이 노래한 대로, 상트페테르부르크는 늪지를 개간해 유럽 도시를 건설한 표트르 대제(Peter the Great,

● 백야의 네바강.

1672～1725)의 창조물이다. 페테르는 피터(베드로), 부르크 또는 그라드는 마을(도시), 상트페테르부르크란 베드로를 수호 성자로 삼은 도시를 뜻한다. 한때는 니콜라이 1세에 의해 러시아 고유어인 페트로그라드라 불리기도 했다. 20세기 소비에트연방 공화국 시절에는 스탈린에 의해 혁명가 레닌을 찬양하는 의미로 레닌그라드로도 불렸다. 이런 사정으로, 이곳은 어느 시기의 지도나 책, 작품을 펼쳐보느냐에 따라 이름이 달라 혼동될 때가 있다. 푸시킨의 「청동의 기사」(1833)와 도스토옙스키의 『죄와 벌』(1866)에는 페테르부르크로, 1917년 제정러시아의 붕괴와 레닌의 시월혁명 승리 과정을 다룬 세르게이 에이젠슈타인의 흑백무성영화 〈10월〉(1927)에는 페트로그라드로 표기되어 있다.

파리에 센강이, 런던에 템스강이 흐르듯, 상트페테르부르크에는 네바강이 흐른다. 루브르 박물관이 센강 중앙에, 대영 박물관이 템스강 지척에 자리 잡고 있듯, 네바강 변에는 예르미타시 미술관이 자리 잡고 있다. 이들 세계적인 박물관의 소장품은 대개 제국주의로 맹위를 떨치면서 쟁취해 온 전리품과 수집품으로 구성된다. 예르미타시의 경우, 열렬한 수집가인 예카테리나 2세의 개인 보관소에 붙여진 이름으로, 그녀의 수집품에서 출발했다. 소장품 중 클로드 로랭의 풍경화들과 렘브란트의 〈탕자의 귀환〉이 대표적이다.

센강이나 템스강과 구별되는 네바강만의 매력은 강을 따라 운하를 거느리고 있다는 것이다. 강과 운하 주위에 자리 잡은 웅장한 궁전과 박물관, 극장들은 화려한 상트페테르부르크의 과거를 대변한다. 그런데 아이러니한 것은 이곳의 음지, 운하 뒷골목에는 라스콜니코프 같은 음울한 청년이 배회한다는 점이다. 그는 가난한 사람들에게 흡혈귀처럼 들러붙어 사는 고리대금업 노파 같은 존재들이야말로 아무짝에 쓸모없고 해로운 부류라 여겨 살해를 저지르는 무신론자이자 가난한 법학도다.

상트페테르부르크는 며칠 스치듯 지나가는 도시가 아니다. 차이콥스키든, 푸시킨이든, 도스토옙스키든, 누구를 대상으로 하든, 적어도 한 달 이상은 두 발로 걸어 다니며 보고 듣고 읽고 품어야 한다. 사 년의 시베리아 유형 생활 끝에 극적으로 살아 돌아온 도스토옙스키가 쪽방에 기거하며 『죄와 벌』을 쓴 센나야 광장과 소설 속 K 다리, 『카라마조프가의 형제들』을 쓴 만년의 마지막 집을 돌아보고 내려오는 계단에서 든 생각이다. 그러나 이내 도스토옙스키의 집을 나서자마자 방금 들은 생각을 털어냈다. 소설 따위 있어도 그만 없어도 그만인 세상이 아닌가. 어디에서 쏟아져 나온 것인지, 야생 딸기며 해바라기, 우크라이나산 체리들을 파는 노파들이 거리를 메우고 있었다.『죄와 벌』의 첫 장면이 떠올랐다

　7월 초 굉장히 무더울 때, 저녁 무렵에 한 청년이 S 골목의 세입자에게 빌려 쓰고 있는 골방에서 거리로 나와 왠지 망설이듯 천천히 K 다리 쪽으로 걸어갔다.
　- 표도르 도스토옙스키,『죄와 벌 1』중에서

노파들의 노점 행렬을 지나자 청동으로 조각된 도스토옙스키가 비둘기들의 친구가 되어 한가로이 앉아 있었다.

도스토옙스키 소설의 집과 운명의 시간

서재의 시곗바늘은 8시 38분에 멎어 있었다. 1881년 1월 28일 밤, 도스토옙스키가 숨을 거둔 시각이었다. 나는

얼른 서재를 일별했다. 시계는 검정색 직사각형으로 창 쪽 원형 테이블 위에 올려져 있었다. 중앙에는 책상이 그리고 그 뒤에는 붉은 소파가 자리 잡고 있었다. 소파에 눈길이 닿자, 말로 표현할 수 없는 감정이 북받쳐 올랐다. 서울에서 러시아로 날아오는 내내, 10,000m 상공의 비행기 안에서 숨죽이며 읽은 도스토옙스키의 생애 마지막 장면들이 되살아난 것이다. 아니, 그보다 더 멀리, 더 오래전부터 강박적으로 만나온 도스토옙스키적인 모든 것이 한꺼번에 떠오른 것이다. 나에게 도스토옙스키를 찾아가는 일은 "작가란 무엇인가"의 질문과도 같았고, 그것은 곧 "인간이란 무엇인가", 나아가 인간이 꿈꾸는 "새로운 세계란 무엇인가"를 문제 삼는 것이었다. 대상(세상) 앞에서 말로 표현할 수 없는 경지를 누군가는 허무라, 누군가는 황홀경(환각)이라 했던가. 소파는 도스토옙스키가 숨을 거둔 곳이다. 나는 서재의 문지방에 서서 8시 38분을 가리킨 채 멈추어 있는 시계와 원고 더미들이 쌓여 있는 책상과 그 뒤 소파를 한동안 바라보며 꼼짝하지 못했다.

여름의 상트페테르부르크는 백야현상으로 새벽 3시에 해가 뜨고 밤 11시에 저물었다. 발트해와 핀란드만에서 바

상트페테르부르크 센나야 광장과 K 다리 근처 메샨스키 거리.
오른쪽 첫 번째 집에 도스토옙스키가 살았고,
길 중간지점에 라스콜니코프가 세 들어 살던 하숙집이 있다.

도스토옙스키의 서재.
8시 38분. 작가가 숨을 거둔 시각에 시곗바늘이 멈추어 있다.

닷물이 거침없이 흘러들어와 네바강을 이루고, 강을 따라 운하들이 도심으로 번져 있었다. 넵스키 대로를 걷거나 차를 타고 지나다니며 수상도시 암스테르담과 베네치아를 떠올렸다. 운하에서 보트를 타고 강으로 나가보았다. 오후 6시에도 태양 빛이 강렬했다. 북구의 강바람은 거셌고, 물결은 높고 차가웠다.

상트페테르부르크에서 나는 무엇을 보았던가. 도스토옙스키의 『악령』 속 주인공 스타브로긴이 꾼 백일몽처럼, 내가 보았다고 믿은 인간 세상과 문학예술 또한 한갓 백야의 환각이 아니었을까. 다시 야간열차를 타고 모스크바로 돌아오는 길, 눈으로는 차창 밖 끝없이 지나가는 자작나무들을 바라보면서도 머릿속으로는 예르미타시에서 본 렘브란트의 〈탕자의 귀환〉과 클로드 로랭의 그림들, 그리고 도스토옙스키의 공간들에 사로잡혀 있었다. 인류의 이상향을 화폭에 구현한 클로드 로랭의 그림이 도스토옙스키의 『악령』에 미친 영향을 나는 조금 알고 있었다. 기차는 모스크바를 향해 밤새 달리고, 도스토옙스키가 자신의 죽음을 예감하고 사랑하는 아내 안나에게 청해 들었던 성서의 한 대목, 그것을 그대로 아내에게 들려주었던 마지막

넵스키 대로. 상트페테르부르크 문화예술의 중심지.
거리 끝 알렉산드르 넵스키 수도원 묘지에 도스토옙스키가 잠들어 있다.

말이 기차 바퀴 소리와 함께 귓전에 울렸다.

"나를 방해하지 말지어다."

고골, 도스토옙스키, 이장욱의 소설을 잉태한 환상 공간

상트페테르부르크에서 사흘을 머물렀다. 러시아가 유럽 출정을 위한 교두보로 발트해 연안에 건설한 이 항구도시는 내가 가본 유럽의 도시 중 북극과 가장 가까웠다. 사흘 내내 백야였다. 모스크바에서 상트페테르부르크행 야간열차로 이동한 탓에, 사흘이라고 해도 하룻밤과 사흘 낮이라는 기묘한 체류였다. 대낮처럼 환한 밤 덕분에 늦게까지 거리에 배회했다. 주로 도스토옙스키와 고골의 소설 무대였다. 소설 『죄와 벌』과 『카라마조프가의 형제들』을 집필한 도스토옙스키의 서재, 주인공 라스콜니코프가 유령처럼 떠돌던 골목들과 K 다리, 마지막 숨을 거둔 소파. 그리고 고골의 소설들, 코발료프라는 8등관 관료가 어느 날 사라진 자신의 코를 찾아다니는 이야기를 풍자적으로 그린 소설 「코」, 서류를 정서하는 일로 살아온 가난한 9급 문관 아카키 아카키예비치의 외투를 둘러싼 삶과 죽음의 우스꽝스러운 참상을 그린 소설 「외투」 등, 그의 거의 모든 소설은 이곳 상트페테르부르크를 무대로 펼쳐졌다.

페테르부르크에서 흔히 그러하듯 바람은 온 사방에서, 모든 골목으로부터 휘몰아치며 그를 향해 불어닥쳤다. 순간 그의 목구멍 편도가 부어올랐고, 집에 겨우 도착했으나 한마디도 내뱉을 힘이 없었기에, 온몸이 퉁퉁 부은 채로 침대에 쓰러졌다. (중략) 그다음 날도 그는 고열에 시달렸다. 페테르부르크의 이 위대한 기후 덕분에 병은 예상보다 빨리 진행되었다. (중략) 마침내 불쌍한 아카키 아카키예비치는 숨을 거두었다. (중략) 사람들은 아카키 아카키예비치를 차에 실어 매장했다. 이제 예전부터 존재하지 않았던 듯한 아카키 아카키예비치는 페테르부르크를 떠났다.

  - 니콜라이 바실리예비치 고골, 「외투」 중에서

외국소설의 경우, 번역으로 충족되지 않는 지점들이 있는데, 언어의 구조적인 차이와 무엇으로도 대체할 수 없는 공간의 고유한 분위기(아우라)다. 인간의 어둡고 복잡한 내면을 집요하게 파고든 도스토옙스키 소설이나 관료사회의 부조리를 사실적인 묘사로 신랄하게 희화화한 고골의 경우, 여름의 백야 기간을 제외하고는 춥고 음습한 밤이 지속되는 이 운하도시의 기후와 계절적 요인이 문장의 형성과 서사의 흐름에 긴밀하게 작용했음을 어렵지 않게 파악할 수 있다.

거리는 푹푹 찌는 무더위에 숨이 턱턱 막힐 듯 갑갑하고 혼잡했으며 곳곳에 석회 가루, 목재, 벽돌, 그리고 별장을 빌릴 만한 여유가 없는 페테르부르크의 시민이라면 누구나 훤히 알고 있는 저 여름날의 악취가 가득했는데, 이 모든 것이 그렇잖아도 가뜩이나 심란해진 어린 청년의 신경을 한꺼번에 불쾌하게 뒤흔들어 놓았다. 도시의 이 구역에 유달리 많이 있는 술집에서 풍기는 참을 수 없는 악취, 평일인데도 심심찮게 마주치는 술 취한 사람들 때문에 이 풍경은 한층 더 혐오스럽고도 서글픈 색채를 띠었다. 깊디깊은 혐오감이 한순간 청년의 섬세한 얼굴선 위로 드리워졌다.

도스토옙스키와 고골은 서로 굳게 맹세하기라도 한 듯 소설마다 수시로 상트페테르부르크를 호명하고, 세밀화를 그리듯 정교하게 묘사한다. 그것은 상트페테르부르크 사람들을 한 명 한 명 제대로 보여주기 위한 필수장치라고 할 수 있다. 스치듯 짧은 체류였지만, 상트페테르부르크 현지에서 내가 상기한 것은, 그곳이 도스토옙스키와 고골 소설의 본령이라는 사실 못지않게, 한국의 소설가 이장욱이 유학하느라 체류했다는 것과 그의 소설이 거느린 러시아소설의 전통이다.

상트페테르부르크 바실리 섬. 스레드니 15번가 98번지. 5층 7호.

그게 이 집의 주소였다. 1층에서 무거운 목조 문을 밀고 들어와 어둠침침하고 퀴퀴한 냄새가 나는 계단을 올라와야 하는 19세기식 공동주택. 현관은 무거운 놋열쇠들로 세 개의 열쇠 구멍을 맞추어야 문이 열리게 되어 있다. 문을 열고 뒤를 돌아보면 층계참에 낡고 침침한 빛이 꿈틀

도스토옙스키의 집 기념석.

라스콜니코프 하숙집 모퉁이 벽감에
도스토옙스키가 부조되어 내려다보고 있다.

거리는 느낌이 드는 탓에 자신도 모르게 문을 닫게 된다.

　　－ 이장욱, 「이반 멘슈코프의 춤추는 방」 중에서

　이장욱은 러시아문학 전공자다. 그의 소설집 『고백의 제왕』과 『기린이 아닌 모든 것』에 수록된 소설들에서 두 가지 특징을 주목할 수 있다. 한 가지는 고골과 도스토옙스키의 소설들이 보여주는 장소애場所愛와 공간에 대한 적확한 제시와 묘사이고, 다른 한 가지는 누군가의 생애를 마치 어느 시기 같은 공간에서 동고동락했던 피붙이나 친구의 그것처럼 가깝게 당겨 들려주거나 복원해주는 것이다. 이 둘은 모두 고유명과 관계된다. 상트페테르부르크라는 공간, 이반 멘슈코프(「이반 멘슈코프의 춤추는 방」), 정귀보(「우리 모두의 정귀보」), 하루오(「절반 이상의 하루오」) 같은 인물들의 생애가 그것이다.

　무명이었다가 사후에 유명해진 화가 정귀보(鄭貴寶, 1972~2013)의 인생은 놀랄 만큼 단조로운 것이었다. 나는 미술을 전문으로 하는 모 출판사의 다급한 청탁을 받고 화집을 겸한 평전 집필에 착수했지만, 특기할 만한 것이 없는 이력 탓에 고민에 빠졌다.

정귀보가 태어난 곳은 담양이었지만 그건 정귀보를 설명하는 데 별다른 도움이 되지 않았다. (중략) 후에 정귀보는 서울 변두리, 이를테면 하계동이나 방학동 또는 장위동 부근에 살면서 평범한 학창 시절을 보냈다.

– 이장욱,「우리 모두의 정귀보」중에서

세상을 책으로, 소설의 한 페이지로 천명한 이장욱의 미덕은 시인의 미적 감수성, 외국문학도의 세계 인식, 그리고 소설가의 필력이 균형적으로 직조된 데 있다. 단편소설이란 인간 본연의 존재감과 삶의 의미, 그리고 세계의 진실에 가닿기 위한 명쾌하고도 웅숭깊은 작업이라는 것을,『기린이 아닌 모든 것』에 수록된 여덟 편의 단편들이 증명해 보이고 있다. 그해 여름, 상트페테르부르크에서 펼쳐 보았던 이장욱의 소설을 다시 펼쳐보는 이유가 여기에 있다.

아름다움에 빠지고, 아름다움에 죽고
:

토마스 만의 베네치아

베네치아, 치명적 사랑과 예술의 공간 현장

토마스 만의 「베네치아에서의 죽음」은 여름 휴양차 베네치아에 온 한 중년의 소설가가 타치오라는 열네 살 미소년의 아름다움에 홀려 콜레라가 창궐하는 섬을 떠나지 못하고 미묘한 죽음으로 치닫는 과정을 그린다. 제목에서 드러나듯이 이 소설은 베네치아라는 치명적 공간에 '美'에 대한 신화적 사유를 펼치는데, 작품 곳곳에서 아폴론적 인간(예술)과 디오니소스적 인간(예술)에 대한 작가의 고민을 발견할 수 있다.

소설의 주인공 아셴바흐는 베네치아로 떠나기 전에는 창작에 '규칙과 형식, 도덕적 규율을 엄수하고 실천'해온 작가로 최고의 경지에 오른, 곧 '절제된 환상'을 주조로 아폴론적 형상의 예술을 실천해온 인물로 제시된다. 그는 원래 여름이면 가서 머물던 알프스 산지의 별장이 수리에 들어가는 바람에 목적지가 아드리아해 연안의 베네치아로 갑자기 변경되면서 돌발적 사태에 직면하는데, 바로 베네치아에 도착해서 만난 열네 살 미소년 타치오에 대한 미묘한 감정이다. 아셴바흐는 이 미소년이 인간으로서 완벽한

● 베네치아 대운하.

형상을 갖춘 것을 발견하고는 첫눈에 사랑에 빠져 그때까지 그토록 엄수해온 형상적 예술의 절제력을 잃고, 절대미를 향한 동성애적 사랑(에로스)에 도취되어 파멸, 곧 죽음으로 치닫는다.

베네치아에 도착하기 전까지 아센바흐의 삶과 예술은 철저히 아폴론적이었다면, 베네치아에서 타치오를 만난 이후 그를 둘러싼 모든 것은 오직 도취된 에로스에 의해 파괴된다. 이러한 도취와 파괴의 일탈은 아폴론적인 것과 정반대되는 것, 디오니소스적인 예술의 본질이라고 할 수 있다. 흥미로운 것은 아폴론적 완벽한 형상의 창작(허구)을 추구해온 주인공이 실제 살아 있는 완벽한 형상(인간) 앞에 디오니소스적으로 무너져버리는 이율배반적 형국이다. 여기에는 토마스 만의 평생 화두였던 시민정신과 예술 사이의 양가감정이 표면적으로 투영되어 있으며, 심층적으로는 작가가 죽을 때까지 비밀로 가슴에 묻어두었던 동성애적 성향이 깔려 있다. 토마스 만은 소설에 소크라테스와 파이드로스의 신화적 동성애를 모방한 플라톤의 『파이드로스』를 '소크라테스와 파이드로스의 대화'로 의미심장하게 끌어와 미소년 타치오를 향한 아센바흐의 사랑을 보여준다.

리도, 죽음과 맞바꾼 사랑의 해변

어떤 언어를 사용하든, 예술가들은 베네치아를 꿈꾼다. 시인, 소설가, 화가, 음악가, 철학가, 사상가까지 국적을 불문하고 베네치아에 흔적을 남겼다. 그들은 미로처럼 번진 물길들을 넘나들며 사랑을 기록했다. 사랑이 시작될 때, 사랑 중일 때, 사랑이 끝난 뒤, 그리고 떠난 사랑을 추억할 때조차 그들은 줄기차게 베네치아로 향했다.

베네치아란 무엇일까. 거대한 석호 위에 떠 있는 백열여덟 개의 섬과 그들을 잇는 사백 개의 다리가 미로처럼 어지러이 번져 있는 곳. 죽음의 관을 연상시키는 까만 곤돌라들이 뱀 같은 물길들을 날렵하게 가로지르는 곳. 누군가에게는 베네치아(영어), 누군가에게는 베네디히(독일어), 또는 브니즈(프랑스어), 그리고 현지 사람들에게는 베네치아. 그 이름을 입술에 올리는 순간부터, 이상하고 야릇한 물결에 휩싸이고, 그 열기와 흐름 속에 빚어져 나온 문장들은 강렬하고 미려하다. 마치 내가 쓰고도 아닌 것처럼, 누군가, 아니 그 무엇인가, 내 몸과 의식을 타고 흘러나온 것처럼, 잦은 쉼표의 문장들을 낯설게 바라볼 뿐이다. 예를 들면, 이런 서두.

사랑이 막 시작되거나, 사랑을 잃어버렸을 때, 사람들은 베네치아를 꿈꾼다. 첫눈에 마음을 점령해버린 사랑의 위력을 어쩌지 못해, 혹은 그 사랑의 쓰라린 실연의 상처를 위무하기 위해 우리가 자기도 모르게 동쪽 바다로 달려가듯이 유럽인이라면 사랑을 가볍게 목에 걸고 베네치아로 간다. 프랑스의 여성 작가 아니 에르노의 자전 소설(『단순한 열정』)과 그의 33세 연하 연인 필립 빌랭이 그녀와의 사랑을 역시 자전 소설로 기록한 『포옹』에서의 베네치아는 사랑, 그 전과 후의 여정으로 실감나게 등장한다.

– 함정임, 『그리고 나는 베네치아로 갔다』 중에서

또는 이런 중간.

가보지도 않고 베네치아는 절대 오래 있을 곳이 못 된

● 리도섬. 베네치아 본섬 산마르코 부두에서 리도행 배를 탄다.
●● 오텔 데 뱅과 모래 해변. 소설의 무대.

다고 말하면, 수백 갈래의 혼탁한 물길로 분열된 늪지를 떠도는 '해로운 공기'를 본능적으로 감지했다고 말하면, 그래서 '시로코 열풍과 뒤섞인 바닷바람'을 오래 쐬면 불치의 전염병에 걸려들고 만다고 말하면, 그러면 정말 죽을 수도 있다고 말하면, 지나친 과장일까? 내가 이렇게까지 나약한 엄살에 휘말린 것은 순전히 토마스 만 때문이었다.

— 함정임, 『그리고 나는 베네치아로 갔다』 중에서

또는 이런 끝.

누가 그랬던가. 사랑은 사랑을 사랑하는 사람의 것이라고. 예술은 예술을 사랑하는 사람의 것이듯. 늪지에 세워진 불안정한 도시, 베네치아. 매년 감지할 수 없을 만큼씩 물 밑으로 가라앉는 물의 도시. 그 덧없음을 외면할 수 없어서인가. 루소와 바이런, 뮈세와 상드, 토마스 만과 헤밍웨이, 이루 헤아릴 수 없이 많은 사상가와 예술가들이 사랑한 도시, 베네치아. 바그너의 최후를 지켰고, 지금도 산 마르코 광장에 서면 비발디의 〈사계〉가 울려 퍼질 것 같은 경이로운 섬의 도시를 이번에는 절대로 놓치지 않을 것이다. 사랑을 찾아 돌아올 것이다.

　－ 함정임, 『하찮음에 관하여』 중에서

산마르코 부두를 벗어나 쾌속으로 십여 분간 달리면 리도섬에 닿는다. 토마스 만이 평생 가슴속에 묻어온 동성애 기질을 오직 소설 「베네치아에서의 죽음」에만 은밀하게 표출함으로써 자신의 운명을 극복한 현기증 나는 무대, 오텔 데 뱅Grand Hotel des Bains과 해변이 펼쳐져 있다. 타치오의 아름다움을 발견한 이후, 그의 마음과 행동은 모두 소년에게 집중된다. 그는 소년을 따라 베네치아 본섬으로, 리도섬으로, 그리고 해변으로 이동한다. 섬은 콜레라가 만연하고, 사람들은 떠나거나 죽어간다. 그러나 그는 오직 소년을 조금이라도 더 보기 위한 열망으로 섬에 머문다. 그리고 해변 의자에 앉아 석양 속 소년의 모습을 생의 마지막 장면으로 담고 눈을 감는다.

리도섬에 처음 간다는 것, 그 섬에 가까워진다는 것은 흡사 연인 옆에 가는 것처럼 흥분을 안겨준다. 처음에는 한여름이었고, 다시 찾았을 때는 가을, 시월이었다. 처음

여름의 날씨는 더할 나위 없이 청명했다. 선착장에 내려서 섬을 가로질러 반대편 해변으로 걸어가는 동안 모든 것이 반짝반짝 빛나고, 운치 있고, 아름다웠다. 토마스 만의 소설을 영화로 옮긴 루키노 비스콘티의 〈베니스에서의 죽음〉에서 본 그대로였다. 이탈리아 귀족 출신으로 패션계에 입문한 영화감독답게, 비스콘티는 유럽전쟁 발발 직전 벨 에포크(Belle Epoque, 아름다운 시절)의 화려하면서도 위태로운 시대감각을 영화로 완벽하게 재현했다.

시월의 흐린 날씨 탓이었을까. 배가 리도섬에 가까워지고, 선착장에 닿고, 그리고 똑같은 길로 소설의 무대로 향했는데, 모든 것이 빛을 잃고, 쇠락하고, 폐쇄되었다. 그사이, 무슨 일이 있던 것일까. 소설의 무대에 이르렀다. 아드리아해를 향해 위풍당당하게 서 있던 하얀 호텔, 뜰에 피어 있던 꽃과 나무들, 그 앞 길게 뻗어 있던 소나무 산책로, 그리고 길 건너 모래밭과 끝없이 늘어서 있던 하얀 방갈로들. 모든 것이 그대로 있는데, 한 가지가 없었다. 삶의 느낌, 생기였다. 무엇인가 중요한 것을 잃어버렸을 때처럼 두 다리의 힘이 주욱 빠졌다.

아센바흐가 죽어간 해변의 모래밭을 걸었다. 걷는 대로

흔적이 되어 따라왔다. 석양을 등지고 소년이 서 있던 바 닷가까지 나아갔다. 토마스 만에게, 아니 아셴바흐에게 소 년은 미美, 그 이상도 이하도 아니었다. 현실에서는 있어도 그만 없어도 그만인 그것에 목숨을 바치는 족속이 작가이 고, 예술가였다. 석양은 사라지고, 돌아오는 길은 멀었다.

순백을 향한 혼의 엘레지

:

한강과 박솔뫼의 광주

한강, 흰 것에 바치는 비가悲歌

그럼에도 불구하고, 뜨거운 여름을 맞이하는 것이 때로 설레고 기다려지기도 한다. 소설을 쓰는 일이, 그것으로 살아가는 일이, 비록 천 개의 바늘 끝이 머리 한쪽을 수없이 찔러대는 고통에 시달리는 일이라 해도, 황홀하고 감사하게 여겨지기도 한다. 아니, 이것으로 부족하다. 문장을 쓸 수 있고, 읽을 수 있는 인간으로 태어난 것이 축복으로 느껴지기도 한다. 이런 행동, 이런 마음, 이런 기억, 이런 세계와 맞닥뜨릴 때다.

오래전 그녀는 바닷가에서 흰 조약돌을 주웠다. 모래를 털어낸 뒤 바지 호주머니에 넣었고, 집에 돌아와서는 서랍에 넣어두었다. 파도에 닳아 동그랗고 매끄러운 돌이었다.
  – 한강, 「흰 돌」 중에서

내가 생각하는 좋은 소설은 '소설을 읽고 있다는 생각에서 완전히 자유롭게 만드는 소설'이다. 어떤 이들에게는 이것이 '소설 같지 않은 소설'일 수 있다. 안 되는 줄 알면

● 조약돌.

서도, 붙잡고, 뜯어보고, 정의하려 했던 소설의 내용과 형식, 그러니까 소설이라는 장르개념에서 훌쩍 벗어난, 소설 너머의 글쓰기 같은 것이다. 혼의 울음, 또는 울림. 자기 자신, 또는 누군가를 위한 추모와 애도.

　　내 어머니가 낳은 첫 아기는 태어난 지 두 시간 만에 죽었다고 했다. 달떡처럼 얼굴이 흰 여자아이였다고 했다. 여덟 달 만의 조산이라 몸이 아주 작았지만 눈코입이 또렷하고 예뻤다고 했다. (중략) 당시 어머니는 시골 초등학교 교사로 부임한 아버지와 함께 외딴 사택에 살았다. 산달이 많이 남아 준비가 전혀 없었는데 오전에 갑자기 양수가 터졌다. 아무도 주변에 없었다. (중략) 혼자 아기를 낳았다. 혼자 탯줄을 잘랐다. 피 묻은 조그만 몸에다 방금 만든 배내옷을 입혔다. 죽지 마라 제발. (중략) 제발 죽지 마. 한 시간쯤 더 흘러 아기는 죽었다.

　　- 한강, 「배내옷」 중에서

『흰』은 한강이 언젠가는 써야 할 '어떤 것'이었다. 바로 그것 때문에 그녀는 시인이 되어야 했고, 소설가가 되어야 했을지도 모른다. 그것을 위해 작가가 선택한 장르는 이야기다. 소설이 이야기일 수는 있지만, 이야기만으로는 소설이 아니다. 이야기가 소설이 되려 하면, 최소한 한두 가지 장치가 추가로 필요하다. 한강의 '흰'에 관한 이야기는, 그러나 소설이다. 작가도 출판사도 '소설'이라고 밝히고 있고, 분명히 새기고 있다. 이야기라도 소설가가 소설로 의도하고 소설로 쓰면 그것은 소설이다. 단, 그 소설가가 지속적으로 공적인 무대에서 소설을 쓰고, 발표하고, 자신의 창작방법론을 인정받았을 때만 가능하다.

지난봄 누군가 나에게 물었다. 당신이 어릴 때, 슬픔과 가까워진 어떤 경험을 했느냐고. (중략) 그 순간 불현듯 떠오른 것이 이 죽음이었다. 이 이야기 속에서 나는 자랐다. (중략) 달떡처럼 희고 어여뻤던 아기. 그이가 죽은 자리에 내가 태어나 자랐다는 이야기.

  – 한강, 「달떡」 중에서

하나의 목록은 하나의 이야기다. 『흰』은 태어난 지 두 시간 만에 죽은, 달떡처럼 얼굴이 희었던 갓난아기, 그러니까 언니에 대한 애도 또는 추모의 글을 써야겠다고 작가가 다짐한 뒤, 내면을 들여다보며 길어 올린 목록들로 이루어져 있다. 처음 작가가 불러낸 목록은 '강보'부터 '수의'까지 열다섯 가지. 이들이 시간과 공간, 세계로 점점 확산되면서 예순세 가지로 늘어난다. 이들은 '나'와 '그녀', '모든 흰'이라는 세 가지 범주로 재구성되고, 'The Elegy of Whiteness'라는 부제가 붙는다. '흰'에 바치는 비가의 흐름으로 작가는 목록으로서의 서사, 목록을 통한 애도 서사라는 새로운 소설형식을 선보였다. 한편, 박솔뫼가 듣고 싶고, 하고 싶은 또 다른 이야기 세계도 있다.

박솔뫼, 호명으로 벌이는 해방의 글쓰기

내가 언제나 듣고 싶은 이야기는 어떻게 그해 여름이 지나갔느냐 하는 것인데 이건 내가 듣고 싶은 이야기지만 내가 하고 싶은 이야기이기도 하고 그해 여름은 매해 여름으로 나는 늘 여름이 어떻게 지나갔는가 하는 것을 집중해서 떠올린다.

박솔뫼의『머리부터 천천히』는, 보통 소설 문법이 작동하듯, 인물의 시점과 인물들 간의 관계, 현재형 또는 과거형의 선택과 집중, 공간성 등의 통일을 이루지 않은 채, 꼬리에 꼬리를 무는 이야기 형태로 펼쳐진다. 이야기들이 서로 손을 주고받으며 나아가는데, 그 형상이 도마뱀의 꼬리처럼 잘려나가거나, 뫼비우스의띠처럼 어긋나며 이어진다.

이곳은 무덤은 아니지만 무덤이 되지도 않겠지만 그 옆에 역시나 큰 바위를 세워 누구를 또 누군가를 누군가의 누구의 이름을 새기고 그 사람이 누구를 죽이고 그 사람이 누구에게 죽었는지를 적습니다. 누구는 아들의 이름이고 딸의 이름이거나 할머니의 이름이 되고 또 다른 누군가는 아버지이거나 친구, 할아버지, 고모의 이름이 됩니다. 그러고 나면 이 바다는 무엇이 되며 사람들은 이 바다를 무어라 부를까. 이 바다의 이름을 붙이는 것이 나의 오래된 숙제라면 나는 이 바다의 이름을 무어라 붙여야 할까.

·

해운대.
그해 여름은 어떻게 지나갔을까.

한강과 박솔뫼의 소설을 읽다보면, 소설이란 일종의 호명 행위라는 생각이 든다. 한강과 박솔뫼의 공통점은 둘다 광주 태생이라는 것이다. 박솔뫼는 1980년대에, 한강은 1970년대에 그곳에서 태어나 유년기를 보냈다. 그리고 광주를 대상으로 문제작을 발표했다. 박솔뫼 단편「그럼 무얼 부르지」와 한강 장편『소년이 온다』가 바로 그것이다. 한강이 태어난 지 두 시간 만에 죽은 언니를 애도하는 제의의 뜻으로 세상의 '흰' 것들의 목록을 작성해 하나하나 정갈하게 풀어간다면, 박솔뫼는 여름, 소설, 무덤, 바다 같은 보통명사와 속리산, 카프카, 부산 같은 고유명사, 그리고 병준과 이덕자 같은 익명에 가까운 인물을 호출해 뒤섞음으로써 다성적이고 다형적인 이야기의 카니발을 벌인다. 한강의 목록으로서의 애도 서사든, 박솔뫼의 꼬리에 꼬리를 무는 기묘한 이야기든, 이들은 그 어떤 페이지에서도, 자기 안에 갇혀 있던 오래된 슬픔, 또는 자기 안팎에 떠도는 이름들을 제대로 호명해줌으로써, 신비로운 치유의 힘을 선사한다. 치유란 가벼워지는 것, 곧 자유로워지는 것이다.

새로움을 도모하는 방식, 또는 장소

:

에코와 김엄지, 그리고 오한기의 환상 공간

소설가의 나이, 출발점의 표정

움베르토 에코가 『장미의 이름』을 써서 소설가가 된 것은 1980년, 그의 나이 마흔아홉 살 때다. 그 후 다섯 편의 소설을 출간한 뒤, 소설 읽기와 쓰기에 대한 『젊은 소설가의 고백』을 발표한다. 작가 경력 이십팔 년, 그의 나이 일흔일곱 살 때다. 일흔일곱 살의 젊은 소설가라니! 의아하게 생각할 독자들을 위해 말하자면, 그는 자신이 비록 일흔일곱 살을 향해가는 나이이지만, 첫 소설을 출간한 게 '고작' 이십팔 년 전이니 자신이 생각하기에 매우 젊고 전도유망한 소설가라는 것이다. 일흔일곱 살의 젊은 작가 에코의 고백록은 '창작이란 무엇인가?'라는 원론적인 질문이자 해답의 과정이다.

50대 초반이 되었을 무렵, 나는 많은 학자들이 그러하듯 내 글이 '창작', 혹은 '창조적'인 쪽이 아니라는 사실에 낙담하지 않았다. (중략) 프랑스어는 작가écrivain와 기록자écrivant를 구분하여 지칭한다. 이를테면 소설이나 시처럼 '창조적'인 글을 쓰는 사람은 작가이고, 은행원이나 사건

● 새로움.

보고서를 작성하는 경찰관처럼 사실을 정리하는 사람은 기록자에 속한다. (중략) 하지만 수년 동안 내가 서사적 기술에 대한 은밀한 열정을 충족한 방식은 두 가지였다. 하나는 구두에 의한 서사 전달narrativity로, 종종 아이들에게 이야기를 들려주는 것이었고(아이들이 성장하여 동화책보다는 록 뮤직에 빠져들면서 중단되었지만), 또 하나는 비평적 논문에서 모든 이야기를 끄집어내는 것이었다.

— 움베르토 에코,『젊은 소설가의 고백』중에서

소설가가 되기에 적합한 나이는 몇 살일까. 박완서가 『나목』(1970 여성동아)으로, 『고래』의 작가 천명관이「프랭크와 나」(2003 문학동네신인상)로, 그리고 김종옥이「거리의 마술사」(2012 문화일보 신춘문예)로 작가가 된 것은 마흔 살이다. 황석영은「입석 부근」(1962 사상계)으로, 최인호는「벽구멍으로」(1963 한국일보 신춘문예)로 십 대 후반 고교 재학 중에 데뷔했다. 김인숙, 김애란, 한유주, 김사과, 김엄지는 이십 대 초반 대학 재학 중에 데뷔했다. 은희경, 전경린, 이장욱, 이기호, 편혜영, 윤성희, 정지돈, 오한기는 이십 대 후반에서 삼십 대에 데뷔했다. 새삼스럽게 작가의 등단 나이를 반추하게 된 것은 김엄지와 오한기, 이상우의 첫 소설집에서 비롯되었다.

작가란 생래적으로 새로움을 추구하는 존재다. 그리고 작가마다, 특히 신인들은 그 새로움을 표출하는 방식이 다르다. 감수성, 문체, 새로운 인간형 창조, 기법적인 배치 능력, 분위기 등 저마다 고유한 특장을 가지기 마련이다. 문학적 새로움은 사회적 맥락 속에서 진가를 발휘한다. 김엄지와 오한기의 소설들에서 내가 주목하는 것은 젊은 작가들의 관심사와 문제의식, 그리고 그것을 제시하는 서사의 구성과 문체다.

스물두 살 김엄지의 경우

떡이었지, 뭐.

떡이나 개, 가끔은 좆. 라라는 본인의 면접 결과를 늘 그런 식으로 대답했다. 라라에게 떡이었다는 말은, 개 같다 좆같다와 같이 치명적인 표현이었다. 어쩌면 개나 좆, 그 이상일 수도 있겠다. 떡은 라라가 먹지 않는 유일한 음식이었다. 세상에, 떡을 먹다 뒈질 뻔했어. 숨구멍으로 넘어갔거든. (중략) 라라는 의, 식, 주가 아니라 식, 오로지 식만의 생활을 추구했다.

　　　– 김엄지, 「돼지우리」 중에서

이것은 2010년 스물두 살의 김엄지(1988년생)를 작가로 세상에 이름을 알리게 한 데뷔작 「돼지우리」의 첫 장면이다. 사회학이나 정신분석학, 심리학이 학문으로 자리 잡기 이전에는, 소설이 그들의 역할을 대신했다. 혁명 이후 격동적인 변화와 혼란을 겪은 19세기 유럽, 프랑스 사회와 인간의 욕망을 날카롭게 파헤쳐 보여준 소설들(『적과 흑』『나귀 가죽』『마담 보바리』)처럼, 2010년대 한국 젊은 세대가 처한 현실은 김엄지와 오한기 소설에서 엿볼 수 있다.

수심이 얼마나 될까. 그는 알지 못했다. 언제 집으로 돌아가야 할까. 그는 알지 못했다. 그는 알지 못하는 것이 많았다. 그는 알지 못했지만, 서쪽의 산 중턱에서 산불이 시작되고 있었다. (중략) 그러나 그 모든 것과 별개로 그는 다이빙을 할 것이었다. 그의 핸드폰은 아직 꺼지지 않았

절벽에 서다.
수심은 얼마나 될까.

고, 물 묻은 이끼들은 짙게 번쩍였다. 그는 바위의 가장 높고 가파른 곳에 올라서서 어깨를 돌렸다. 크게 숨을 들이마신 뒤에 숨을 멈췄다. 그리고 눈을 질끈 감았다.

   – 김엄지, 「미래를 도모하는 방식 가운데」 중에서

젊지만 가난으로 인해 죽을 만큼 고독한 영혼들이 바다로, 산으로 간다. 어느 날 젊은 '그'는 텔레비전 다큐멘터리에서 돌고래가 나오는 장면을 보다가 갑자기 다이빙이 하고 싶어져 계곡이 있는 산으로 떠난다. 또 다른 젊은 '그'는 바다로 떠나는데, 이유가 단지 기도를 하기 위해서다. 다이빙의 목적도 기도의 내용도 중요하지 않다. 그들의 행위와 행로는 일시에 촉발되어서 끝없이 되풀이된다. 시시포스의 그것처럼 무한하고, 무력한가 하면, 괴이쩍다. 굴러 내려오는 바윗돌을 무한 반복 산으로 밀고 올라가야 하는 천형을 받은 자, 그 존재 방식 또는 의미를 속절없이 바라보는 것, 아니 뒤집어쓴 가면을 벗기듯 점점 적나라하게 실존의 맨얼굴과 대면하는 과정이 처절하고, 슬프다.

314

스물일곱 살 오한기의 경우, 다국적 고유명들의 호명

텍사스 주 외곽에 위치한 브라니스 모텔에서 컨트리 가수 W가 시체로 발견됐다. 그는 왼손에 콜트 한 자루를 움켜쥐고 있었다. 권총 자살이었다. W의 지갑에서 발견된 쪽지에는 다음과 같이 쓰여 있었다.

죽음도 내가 원한 건 아니다.

– 오한기, 「파라솔이 접힌 오후」 중에서

이것은 2012년 스물일곱 살의 오한기(1985년생)에게 작가의 타이틀을 부여해준 데뷔작 「파라솔이 접힌 오후」의 서두다. 김엄지가 젊은 '그'들을 등장시켜 종잡을 수 없는 실존의 행로를 지금 이곳 현실에서 추동시킨다면, 오한기는 다국적 고유명들을 호명해 언젠가 그곳의 존재들을 지금 이곳의 현실로 능청스러울 만큼 아무렇지 않게 위장해 들려준다. 이곳의 현실을 낯설게 보여주는 것이 아니라, 그곳의 현실을 낯설지 않게 재현해내는 환유의 감각과 기술, 이는 너무나 자연스러워 무한히 둘로 갈라지는 거울 속의 미로 한가운데에 선 듯한 섬뜩함을 던져준다.

우리가 만난 곳은 상수동의 어느 카페였다. 3월이었나 4월이었나 어쨌든 로베르토 볼라뇨의 『2666』이 출간될 무렵의 봄날이었고, 우리가 모여 있는 테라스는 너무 따뜻했다. 후장사실주의라는 모임이었다. 『야만스러운 탐정들』에 나오는 내장사실주의를 패러디한 것이었다. 볼라뇨 편집자, 소설가 셋, 펜싱 선수처럼 생긴 소설가 지망생이 모인 자리였다. (중략) 우리가 모인 건 한상경을 송별해주기 위해서였다. (중략) 이 나라에는 더 이상 문학이라 부를 만한 게 없단 말이야. (중략) 한상경은 배를 타고 남미를 거쳐 북아프리카와 유럽을 차례로 순항할 계획이라고 말했다. (중략) 나는 곧이어 한상경의 터무니없는 이야기에 동화된 것에 고개를 저었다. 그의 소설도 항상 이런 식이었다.

－오한기, 「의인법」 중에서

오한기의 소설은 안과 밖, 허구와 사실이 혼재되어 있다. 소설이 소설을 부르고, 인물이 인물을 낳는다. 실제 그는 위의 인용처럼 정지돈, 이상우 등의 또래 작가들과 '후장사실주의Anal Realism'를 결성해 활동 중이다. 그의 소설에는 세상에 널리 알려진 공인들이 거침없이 등장하는데, 어디까지가 진짜고 어디까지가 꾸며낸 이야기인지 불분명하다. 오한기를 통해 가짜 전기와 가짜 주석을 소설 서사 기법으로 고안해낸 남미 환상서사의 대가 호르헤 루이스 보르헤스를 연상하는 것은 자연스럽다. 오한기와 김엄지는 1980년대 중후반에 태어나, 2010년대에 이십 대의 청춘기를 온몸으로 겪으면서, 이십 대가 보여줄 수 있는 서사의 새로움을 유감없이 발휘하면서 첨단병尖端兵 역할을 했다.『미래를 도모하는 방식 가운데』와『의인법』은 그들이 소설가로서 세상에 던진 출사표들을 모아놓은 첫 소설집이다. 이 낱권의 소설집에 작가로서 그들의 미래가, 나아가 한국 소설의 길이 나 있다.

해변의 노벨라 파라디소

:

피서지에서 짧은 소설 읽기

소설과 바캉스, 해변에서 만난 에르노

바캉스 시즌에 맞춰 프랑스의 편집자들은 다양한 분야의 책들을 기획 출판하는데, 단연 눈에 띄는 것은 소설 장르다. 오래전 나는 지중해 서쪽의 작은 항구도시 세트Sète에 갔다가 해변 가판대에서 아니 에르노의 신작 『단순한 열정』을 발견하고 깜짝 놀랐다. 바캉스 소설이라면, 여가에 적합한 킬링타임용 추리소설이나 SF소설이 주를 차지했기에, 아니 에르노의 경우는 의외였다. 아니 에르노는 『남자의 자리』와 『한 여자』로 프랑스의 권위 있는 문학상인 르노도상을 받았고, 카뮈나 르 클레지오 계열의 순문학 소설가로 평가받고 있었다. 나는 자신의 아버지와 어머니의 삶을 투시해 사회적, 역사적 맥락으로 가족 자전 서사를 풀어내는 작가의 담담한 문체에 매료되었던 터라 쏟아지는 햇빛을 아랑곳하지 않고 그녀의 소설을 펼쳤다.

작년 9월 이후로 나는 한 남자를 기다리는 일, 그 사람이 전화를 걸어주거나 내 집에 와주기를 바라는 일 외에는 아무것도 할 수 없었다.

● 지중해.

이국의 낯선 피서지 해변 가판대에서 만났기 때문인지, 에르노의 소설은 첫 문장부터 도발적이었다. 내가 알던 에르노의 문장이 맞는지 다시 읽어보았다. 첫 문장을 읽고 다음 문장으로 넘어가기가 무섭게 또 그다음 문장을 다시 탐할 정도로 소설에 빠져들었다. 불어오는 바닷바람에 페이지들이 펄럭였다. 글자들은 빛살에 하얗게 표백되어 신기루처럼 사라져버릴 것 같았다. 나는 갈 길이 멀었다. 니스로, 아비뇽으로, 파리로 열차는 달렸고, 나는 자주 현기증에 휩싸이며 에르노의 문장을 아껴 읽었다.

그 여름 이후, 나는 그 뙤약볕 해변의 흔적, 아니 추억으로 여름만 되면 가방을 꾸리고, 달리는 열차나 바닷가 파라솔 아래에서 탐할 소설책들을 챙기고는 한다. 해운대 달맞이 언덕 바닷가로 거처를 옮긴 요즘에는, 먼 곳보다는 근처 해변으로 소설책을 에코백에 넣고 산책 나가듯 집을 나선다. 언덕을 십여 분 걸어 내려가면 왼쪽으로 송정 해변, 오른쪽으로 해운대 해변에 이른다. 뒤늦게 도착한 몇몇 해수욕객들이 모래사장을 거닐며 파도 장난이나 그림

자놀이를 하고, 나는 오후의 흐르는 빛 속에 파도 소리를
배경음악 삼아 서너 시간 꼼짝 않고 파라솔 아래에서 소설
을 읽는다. 철 지난 해변에서 소설 읽기, 이름하여 노벨라
파라디소.

기계는 뭐고 로봇은 또 뭘까요?
로봇은 마음입니다. 어떤 기계가 너무너무 복잡해져서
좀처럼 이해할 수 없는 방식으로 작동하기 시작할 때, 사
람들은 그 기계가 마음을 가지고 있다고 믿어버립니다.
　　－ 배명훈,『가마틀 스타일』 중에서

꿈이자 현실이고, 현실이자 인생이었던 소설들. 옛날
나의 가슴을 뒤흔들었던 소설이든, 막 작가의 손을 떠나
아직 인쇄소의 잉크 냄새가 나는 소설이든, 내게는 모두
노벨라 파라디소, 소설로 만나는 천국이다.

내가 열한 살이던 2022년, 전 세계에는 과잉기억증후군
으로 공식 인정을 받은 사람이 전부 해서 쉰한 명 있었고,
그들 대부분은 미국에 거주하고 있었다.

•
해변의 노벨라 파라디소.
오후의 흐르는 빛 속에 파도 소리를 들으며 파라솔 아래에서 소설을 읽는다.

– 윤이형, 『개인적 기억』 중에서

길지도 짧지도 않게, 파라솔 아래 소설 읽기

해변의 노벨라 파라디소에 초대한 작품들은 은행나무 노벨라 시리즈와 소설 전문 격월간지 『Axt』다. 노벨라 시리즈의 첫 번째 주자 배명훈의 『가마틀 스타일』과 윤이형의 『개인적 기억』은 오래전에 나를 사로잡았던 아니 에르노의 『단순한 열정』과 같은 장르, 한자리에서 두세 시간이면 유쾌하게 읽어낼 수 있는 분량이다. 단행본이지만 150쪽 분량으로 시집처럼 얇고 작은 판형이다. 노벨라란 소설의 여러 장르 중 중편 형식을 가리킨다. 소설이라는 말은 하나지만, 작품의 길이와 분량에 따라 달라지는, 서사의 호흡과 규모와 성격, 이들에 따라 그 하위의 장르는 다양하게 나뉜다. 200자 원고지를 기준으로 한 페이지 소설(10매 이내), 콩트(30매 내외), 단편(80매 내외), 중편(300매 내외), 경장편(700매 내외), 장편(1,000매 내외), 대하소설(3,000매 이상) 등 다양하다. 서구에서는 중편을 단행본으로 출간하는 전통이 있는데, 한국에서는 출판사의 특별한 기획에 의해서만 시도되는 형국이다. 2000년 전후 국내에서 선구적으로 선보인 대표적 중편 시리즈로 작가정신의 소설향 시리즈를 들 수 있다.

소설 전문 잡지는 오랫동안 명맥을 유지하며 발행되는 시 전문 잡지와 달리 출현한 지 얼마 안 돼 금방 사라지고는 했다. 1990년대 예하의 『현대소설』과 고려원의 『소설과 사상』이 그러했다. 이런 맥락에서, 한국 소설 현장 생태계에서 예외적인 형태라고 할 수 있는 노벨라 시리즈와 소설 전문 잡지 『Axt』의 실험정신은 주목을 요한다. 『Axt』는 예술과 작가만의 특별한 기술을 뜻하는 Art와 작품을 뜻하는 Text의 합성어다. 그러니까 소설 전문 격월간지 『Axt』의 제목은 소설의 세 가지 범주(예술·사상·오락)에서 예술을 표방하는 것으로 읽힌다. 첫 번째 자리에 앉힌 전경린의 신작 「승객」이 그것이다. 이 소설은 우리가 웬만큼 겪어보았다고 치부하는 인간(관계)과 세상(시스템)에 관해서 이야기한다. 그런데 어떤 순간이나 사태에 대한 특유의 날카로운 어휘와 문장들은 소설 미학의 한 경지를 보여준다. 근사하다. 작은 이야기로 단숨에 거대한 우주의 조

횃속을 꿰뚫어 보여주는 서사 예술 자체다. 해변의 노벨라 파라디소, 전경린의 「승객」은 휘몰아쳐 싹 지우고 가버리는 파도를 닮았다. 바닷가 모래성처럼, 쌓으면 파도가 밀려와 부수고, 부숴질 줄 알면서도 다시 쌓으려 안간힘을 쓰는, 덧없는 인간의 마음을 사랑하는 소설 독자들을 향하고 있다.

여래는 꿈속의 승객을 몸 안에 싣고 가며, 간혹 자신의 존재가 시간이 선택한 여러 개의 방법이고 여러 개의 목적이라고 느꼈다. 그리고 마지막 환승역에서, 자기 속의 승객이 거꾸로 자신을 태우고 이 세계를 넘어서 가는 것이다.

– 전경린, 「승객」 중에서

생生의 바다, 쪽배의 환각

:

김채원과 나, 정릉과 광화문 사이

아직도 마음속에 이는 '나이 들어가는 여자'의 파장

  그날 밤, 나는 그녀를 보아버렸다. 그녀를 눈앞에서 보고 있으면서도, 믿을 수가 없었다. 대학을 갓 졸업한 햇병아리 문예지 기자였던 나는 행사장 한편에서 무대 단상에 오른 그녀를 바라보고 있었다. 그녀는 「겨울의 환」이라는 중편소설로 그해 이상문학상을 수상했고, 그날 밤 수상식이 M사 사옥에서 진행되었다. 그녀는 까만 긴 생머리를 가운데 가르마를 갈라 뒤로 반듯하게 묶었고, 한복을 입고 있었다. 한눈에 쏙 들어오도록 작은 체구에, 머리모양과 한복차림이 정갈하고 단호한 모습이었다. 내 눈, 내 마음, 내 감각은 온통 그녀에게로 쏠렸다. 그러면서 나는 짐짓 아무렇지 않은 듯 단 한 발짝도 그녀 곁으로 옮겨 가지 않았다. 목구멍을 꽉 막도록 치밀어 오르는 뜨거운 것을 억누르느라 얼마나 안간힘을 썼던가. 아니 얼마나 떨었던가. 어찌나 나 자신을 붙잡고 떨었던지, 집으로 돌아오는 길, 나는 순식간에 폭삭 늙어버린 것 같았다. 어두운 책상에 불을 켜고 앉았다. 그녀의 소설을 다시 펼쳤다. 맹인이 점자를 두 손가락으로 한 글자 한 글자 새겨읽듯 한 문장 한

● 그날 밤의 환각.

문장 읽어나갔다.

　　언젠가 당신은 제게 나이 들어가는 여자의 떨림을 한번 써보라고 하셨습니다. 저는 그 얘기를 지나쳐 들었습니다, 라기보다 글이라고는 편지와 일기 정도밖에 써 보지 못한 제가 어떻게 그런 것을 쓸 수 있을까 두려운 마음이 앞섰습니다. 저는 감정의 훈련도, 또한 그 감정을 이끌어 내어 표현하는 능력도 갖고 있지 못하기 때문입니다.

　　그러나 마음 한편으로는 그때부터 죽 나이 들어가는 여자의 떨림에 대해서 분명 생각하고 있었습니다. 아니, 그보다 그 말 자체가 가지는 의미에 대해서 어떤 매혹을 느꼈다고 해도 과언이 아니겠습니다. 그 말에서 스스로를 여자로 느꼈기 때문입니다.

　　– 김채원, 「겨울의 환」 중에서

그날 나는 왜 그녀에게 다가가지 못했던가. 흐르는 세월 속에 문득 자문하고는 했다. 나는 무엇을 두려워했던가. 나는 무엇을 보았던가, 아니 읽었던가. 소설가가 소설에 부려놓기로 작정한 것, 곧 "나이 들어가는 여자의 떨림"을 나는 알았던가. 쉽게 끓어오르고, 쉽게 꺾이고, 쉽게 흔들리고, 쉽게 상처받던 청춘의 나이에, 어떤 것도 끝에 이르면 통한다는 "물극필발物極必發"의 원리, 그 자장이 거느리는 떨림을 알 리 없었다. 그러나 나는 짐짓 그 세계의 문턱에 서 있는 풋소녀의 심정으로 비의로 가득 차 있는 매혹적인 광경에 압도당해 있었다. 그날 밤의 충격은 바로 거기에 있었다. 나는 그날 이후, 아름다움이란, 작품뿐만 아니라 그것을 지어낸 사람, 곧 작가 그 자체임을 알게 되었고, 그것을 쫓는 것이란 일종의 병임을 깨닫게 되었다. 그리고 무엇인가 마음속 들끓는 것을 끌어내지 않으면 안 되는 사람들의 세계가 따로 있음을 인식하기 시작했다. 에밀리 브론테, 버지니아 울프, 캐서린 맨스필드, 마르그리트 뒤라스, 아니 에르노, 김지원, 김채원…… 나는 밤낮없이 그들을 기웃거렸고, 그곳의 기미를 살폈다. 평생 그들을 사로잡고 있는 것을 알고 싶었다.

그 집을 생각하면 우선 꽃의 사태를 만난 듯한 봄날부터 떠오른다. 봄날의 그 가없이 긴 한낮 속으로 번져나가던 꽃향기, 건너편 백 대령 집에서 기르던 칠면조가 특이

한 울음소리로 울면 꽃향기가 잠기듯 몽롱해지던 한낮이 다시 한번 깨어나 넓디넓게 퍼져나가던 봄날이 떠오른다. (중략) 그런 봄날 저녁 어스름한 방 안의 한 정경. (중략) 식구들은 방바닥에 누워 이야기를 듣는다. 어머니와 아이들의 몸은 부피감 없이 방바닥에 납작하게 붙어 있다. (중략) 그 시기가 그 아이가 지켜보는 눈앞에서 눈 깜짝할 사이에 지나간 한 젊은이의 청춘이었다는 것을 알아차린다. (중략) 그때 그 방 안은 너무 부드러워 이 세상이 아닌 다른 곳인 듯했다. (중략) 모든 것을 배제하고 봄의 집만을 쓸 수 없을까. 그러나 그 집 식구들이 자연히 끼어듦을 어쩔 수 없다. 그 집과 식구들은 따로 떼어지지 않는 한 덩어리임을 간파한다. 어느 것이 집의 부분이고 어느 것이 식구들의 부분인지 분간되지 않는다.

— 김채원, 「쪽배의 노래」 중에서

소설이란 무엇인가, 작가란 무엇인가

소설이 줄 수 있는 것. 소설이라는 장르가 증명해 보일

수 있는 것이란 무엇일까. 맑고 투명한데, 찌르듯 아프고, 아프면서 아름다움에 몸을 떨게 만드는 힘. 그녀를 처음 보았던 순간부터, 소설을 읽고 쓰기 시작해서 지금에 이르도록 단 하루도 그것 없이 살아오지 않은 내게, 김채원의 소설은 처음의 그 순간으로 돌아가 묻는다. 소설이란 무엇인가. 그보다 작가란 무엇인가. 나는 김채원의 소설을 읽어왔기에 그 집과 "따로 떼어지지 않는 한 덩어리인" 식구들을 조금은 알고 있다. 「쪽배의 노래」는 어머니(소설가 최정희)와 아버지(시인 김동환), 언니(소설가 김지원), 그리고 내(소설가 김채원)가 살았던 집으로 초대받는 놀라운 일이다. 삶이 곧 문학이 되는, 그리고 그 집으로의 초대가 소설이 되는 세계.

그날 이후 한 번도 나는 그녀에게 다가가지 못했다. 여전히 그녀는 내게 두려운 존재이고, 그런 만큼 그녀를 멀리에서 마음껏 흠모할 수 있는 자유를 누리고 있다. 그러나 가끔은 그런 나의 소극성이 아쉽고, 후회스러울 때도 있다. 그녀가 "영원한 나의 초상"이라 기리던 언니 김지원의 일주기를 맞아 꾸린 세 권의 '김지원 소설 선집'이 멀리에 있는 나에게까지 닿았을 때, 선생님! 하고 불러보고 싶

고, 한 달음에 찾아가고 싶은 마음을 억누르느라 한 계절
을 보냈다. 그러니 오늘 나의 바닷가 서재의 전언은 김지
원, 김채원 선생님께 보내는 뒤늦은 인사, 부끄러운 고백
과 다르지 않다.

　나는 떠가는 쪽배를 보고 있다. 쪽배는 온종일 보이다가 보이지 않다가 한다. 나는 바닷가 서재 창가에 앉아 있다. 오른쪽으로 고개를 돌리면 쪽배가 가는 듯 마는 듯 떠갈 때도 있고 떠나버리고 없을 때도 있다.

　쪽배는 어디로 가는 것일까.
　지도 위에 쪽배를 놓아본다.

　소설을 알기 훨씬 전부터 지도와 함께 살았다. 처음 지도의 존재를 알게 된 것은 한글을 막 깨쳤던 예닐곱 살 무렵이었다. 저녁 식사가 끝나면, 숙제를 마친 오빠와 지도를 펼쳐놓고 지명 찾기 놀이에 열중했다. 지도는 광활한 우주였고, 지명은 셀 수 없이 퍼져 반짝이는 창공의 별이었다. 그때 눈에 들어온 별들을 훗날 찾아 나서기 시작했다. 낯선 세상 속으로 떠나는 것이 삶이 되어버린 것은 지도 찾기의 설렘과 황홀에서 비롯된 것이다. 그때나 지금이나 지도는 내게 미지의 언어이고, 소설이고, 삶이다.

플로베르의 소설 『마담 보바리』의 주인공 엠마는 노르망디 시골 의사 아내다. 엠마는 한 번도 파리에 간 적이 없지만, 파리를 향한 꿈을 과도하게 앓다가 죽어버린다. 엠마에게 파리를 꿈꾸게 한 것은 소설이고, 수도 파리를 손바닥 들여다보듯 세밀하게 알려준 것은 파리 지도다. 엠마는 손가락 끝으로 지도 위를 더듬으면서 수도의 여기저기를 가고 또 가본다. 그리고 외친다. "파리라는 데는 얼마나 엄청난 곳인가!"

플로베르는 지도를 향한 지리학자의 사명감과 사랑을 품었던 작가임에 틀림없다. 그의 말년 걸작 소설 「순박한 마음」의 주인공은 노르망디의 쇠락한 귀족 부인 집과 가

솔을 돌보는 하녀 펠리시테다. 프랑스의 소설 대가는 단조로운 듯 위대한 이 짧은 소설 속에 다시 한번 지도를 등장시킨다. 펠리시테는 문맹이다. 그녀는 지명을 읽지 못해 지도를 보고도 어디가 어디인지 알지 못한다. "그는 타원형 얼룩처럼 들쭉날쭉 그려진 지역 가운데 눈에 보일락 말락 한, 섬은 점을 연필로 가리키며 '바로 여기지'라고 말했다. 그녀는 몸을 숙여 지도를 들여다보았다."

펠리시테가 들여다본 곳은 어디일까.
그녀는 무엇을 보고 싶었던 것일까.

기다림 속에 삶은 흘러간다. 인생도 흘러간다. 아무것도 남지 않고 사라진다. 아무것도 없었던 처음으로 돌아간다. 이 책에 수록된 글들은 작가와 작품에 새겨진 지도의 흐름을 따라간다. 태어난 곳의 침대와 방, 책상과 창窓, 부엌과 계단, 뜰과 오솔길, 강과 바다, 언덕과 고원, 산과 계곡, 성과 누옥陋屋, 시장과 카페, 광장과 골방, 그리고 거리, 거리들. 모두 누군가 스치듯 살다 간 곳들이다. 흔적이 남아 있기도 하고, 아무것도 남아 있지 않기도 하다.

이 책은 코로나 팬데믹이 발발하기 직전까지 작가와 작품 주인공의 여로를 따라 현장에서 답사하고 쓴 스물네 편의 글로 이루어져 있다.『소설가의 여행법』(2012)『무엇보다 소설을』(2017)에 이어지는 세계문학 현장기행이다. 작가와 장소는 아폴리네르와 로랑생, 헤밍웨이, 모디아노와 프루스트, 보들레르와 벤야민의 파리부터 랭보의 샤를빌메지에르와 국경지대, 플로베르와 모파상의 노르망디와 영불해협, 키냐르의 브르타뉴와 카뮈의 루르마랭. 호머의 트로이와 에게해, 파묵의 이스탄불과 아나톨리아 고원, 토마스 만의 베네치아와 아드리아해, 도스토옙스키의 상트페테르부르크와 발트해, 바르트의 바욘과 피레네 대서양, 그리고 피츠제럴드의 롱아일랜드와 남프랑스 지중해, 제발트의 유럽, 다자이 오사무의 후지산과 가와구치 호수, 그리고 김채원의 쪽배가 있는 바다, 나의 바닷가 서재까지, 삼십여 작가의 사십여 장소를 아우른다. 작가와 작품을 쫓아 지구를 돌고 돌면서, 태양과 바람, 별과 구름이 함께했다. 어느 글은 태양의 저쪽에서, 또 어느 글은 밤의 이쪽에서 썼다. 오래 품어 쓰고 보니, 제목이 무라카미 하루키의 소설『국경의 남쪽, 태양의 서쪽』의 흐름 속에 있다.

글쟁이로 살면서 소설이 소설을 낳고, 책이 책을 낳는 경우를 목격해왔다. 글쟁이들은 글로 대화하고, 글로 고백하고, 글로 추모한다. 이보다 더 황홀하고 숭고한 일을 나는 알지 못한다.

쪽배가 보이지 않는다. 어디로 간 것일까.

내가 본 것은 쪽배의 환각, 헛것은 아니었을까.

미라보 다리도 쪽배도 무無에서 출발하여 무로 돌아가는 가없는 순환 속에 다시 태어난다. 이 책의 대상 작가들, 번역자들, 에디터들, 그리고 미지의 독자들에게 이 책을 바친다.

2022년 2월

봄이 오는 아침 책상에서

함정임

참고 및 인용 도서

1부 ────

사랑도 인생도 강물 따라 흐르고

이진성, 『프랑스 현대시』, 아카넷, 2008.

함정임, 『이야기, 떨어지는 가면』, 세계사, 1992.

황현산, 「'미라보 다리'의 추억」, 『문예중앙』, 중앙북스, 136호-2013. 겨울.

기욤 아폴리네르, 『알코올』, 황현산 옮김, 열린책들, 2010.

Marie Laurencin, Le Calmant, in 391, n°4, Barcelone, 1917.

태양의 저쪽, 밤의 이쪽

어니스트 헤밍웨이, 『노인과 바다』, 김욱동 옮김, 민음사, 2012.

어니스트 헤밍웨이, 『태양은 다시 떠오른다』, 김욱동 옮김, 민음사, 2012.

어니스트 헤밍웨이, 『파리는 날마다 축제』, 주순애 옮김, 이숲, 2012.

어니스트 헤밍웨이, 『우리들의 시대에』, 김성곤 옮김, 시공사, 2012.

어니스트 헤밍웨이, 『헤밍웨이 단편선 1, 2』, 김욱동 옮김, 민음사, 2013.

먼 곳을 돌아 그레이트넥에 이르다

F. 스콧 피츠제럴드, 『위대한 개츠비』, 김영하 옮김, 문학동네, 2009.

F. 스콧 피츠제럴드, 『위대한 개츠비』, 김석희 옮김, 열림원, 2013.

F. Scott Fitzrerald, *The Great Gatsby*, Matthew J.Bruccoli 주석 및 책임편집, 캐임브리지, 1996.

잃어버린 시간, 되찾은 파리

마르셀 프루스트, 『잃어버린 시간을 찾아서 1~10』, 김희영 옮김, 민음사,

2012~2020.

Le siècle de Proust de la Belle Époque à l'an 2000, Le Magazine Littéraire,
hors-série N° 2‐38F, 4e timestre, 2000.

Proust retrouvé, Le Magazine Littéraire, N° 496 avril, 2010.

소설 주인공보다 더 극적인 벤야민의 몇 가지 장면에 관하여

함정임,『사랑을 사랑하는 것』, 문학동네, 2020.

게르숌 숄렘,『한 우정의 역사』, 최성만 옮김, 한길사, 2002.

발터 벤야민,『아케이드 프로젝트 1, 2』, 조형준 옮김, 새물결, 2005.

발터 벤야민,『모스크바 일기』, 김남시 옮김, 길, 2015.

샤를 피에르 보들레르,『악의 꽃』, 윤영애 옮김, 문학과지성사, 2003.

샤를 피에르 보들레르,『파리의 우울』, 윤영애 옮김, 민음사, 2008.

2부

방랑의 기원, 영원의 거처

아르튀르 랭보,『나의 방랑』, 한대균 옮김, 문학과지성사, 2014.

아르튀르 랭보,『지옥에서 보낸 한철』, 김현 옮김, 민음사, 2016.

여기가 아니라면 그 어디라도

귀스타브 플로베르,『마담 보바리』, 김화영 옮김, 민음사, 2000.

미셸 레몽,『프랑스 현대소설사』, 김화영 옮김, 현대문학, 2007.

단편소설의 장소들, 장소의 양상들

기 드 모파상,『기 드 모파상』, 최정수 옮김, 현대문학, 2014.

어니스트 헤밍웨이,『어니스트 헤밍웨이』, 하창수 옮김, 현대문학, 2013.

허먼 멜빌, 『허먼 멜빌』, 김훈 옮김, 현대문학, 2015.

단순한 삶으로의 긴 여정

피스칼 키냐르, 『빌라 아말리아』, 송의경 옮김, 문학과지성사, 2012.

피스칼 키냐르, 『신비한 결속』, 송의경 옮김, 문학과지성사, 2015.

카뮈의 루르마랭에서 박완서를 추억하다

함정임, 『행복』, 랜덤하우스코리아, 1998.

함정임, 『하찮음에 관하여』, 이마고, 2002.

함정임, 「그 겨울의 사흘 동안」, 『멜랑콜리 해피엔딩』, 작가정신, 2019.

3부

이스탄불, 가까이에서 멀리에서

야샤르 케말, 『바람부족의 연대기』, 오은경 옮김, 실천문학사, 2010.

오르한 파묵, 『눈 1, 2』, 이난아 옮김, 민음사, 2005.

오르한 파묵, 『새로운 인생』, 이난아 옮김, 민음사, 2006.

오르한 파묵, 『이스탄불』, 이난아 옮김, 민음사, 2008.

오르한 파묵, 『내 이름은 빨강 1, 2』, 이난아 옮김, 민음사, 2019.

찰나의 봄, 느린 사유

한병철, 『시간의 향기』, 김태환 옮김, 문학과지성사, 2013.

한병철, 『에로스의 종말』, 김태환 옮김, 문학과지성사, 2015.

사랑의 은유, 화해의 긴 여정

리베카 솔닛, 『멀고도 가까운』, 김현우 옮김, 반비, 2016.

줌파 라히리, 『이 작은 책은 언제나 나보다 크다』, 이승수 옮김, 마음산책, 2015.

사소설로 만나는 후지산, 삼경三景

가와바타 야스나리, 『설국』, 유숙자 옮김, 민음사, 2002.

다자이 오사무, 『달려라 메로스』, 전규태 옮김, 열림원, 2014.

글쓰기와 애도, 삶에서 문학으로

롤랑 바르트, 『롤랑 바르트가 쓴 롤랑 바르트』, 이상빈 옮김, 동녘, 2013.

롤랑 바르트, 『소소한 사건들』, 임희근 옮김, 포토넷, 2014.

롤랑 바르트, 『롤랑 바르트, 마지막 강의』, 변광배 옮김, 민음사, 2015.

롤랑 바르트, 『애도 일기』, 김진영 옮김, 걷는나무, 2018.

4부

상트페테르부르크, 백야의 소설 현장 속으로

이장욱, 『기린이 아닌 모든 것』, 문학과지성사, 2015.

니콜라이 바실리예비치 고골, 『코·외투·광인일기·감찰관』, 이기주 옮김, 펭귄클래식코리아, 2010.

알렉산드르 세르게비치 푸시킨, 『삶이 그대를 속일지라도』, 박형규 옮김, 써네스트, 2020.

표도르 도스토옙스키, 『죄와 벌 1, 2』, 김연경 옮김, 민음사, 2012.

아름다움에 빠지고, 아름다움에 죽고

함정임, 『하찮음에 관하여』, 이마고, 2002.

함정임, 『그리고 나는 베네치아로 갔다』, 랜덤하우스코리아, 2003.

토마스 만, 『토니오 크뢰거·트리스탄·베니스에서의 죽음』, 민음사, 1998.

순백을 향한 혼의 엘레지

박솔뫼, 『머리부터 천천히』, 문학과지성사, 2016.

한강, 『흰』, 문학동네, 2018.

새로움을 도모하는 방식, 또는 장소

김엄지, 『미래를 도모하는 방식 가운데』, 문학과지성사, 2015.

오한기, 『의인법』, 현대문학, 2015.

움베르토 에코, 『젊은 소설가의 고백』, 박혜원 옮김, 레드박스, 2011.

해변의 노벨라 파라디소

배명훈, 『가마틀 스타일』, 은행나무, 2014.

윤이형, 『개인적 기억』, 은행나무, 2015.

전경린, 「승객」, 『Axt』, 은행나무, 창간호, 2015.

아니 에르노, 『단순한 열정』, 최정수 옮김, 문학동네, 2012.

생生의 바다, 쪽배의 환각

김채원, 「겨울의 환」, 『겨울의 환』, 문학사상사, 2006.

김채원, 『쪽배의 노래』, 문학동네, 2015.

에필로그 ——

귀스타브 플로베르, 『세 가지 이야기』, 고봉만 옮김, 문학동네, 2016.

태양의 저쪽 밤의 이쪽

초판 1쇄 인쇄 2022년 2월 15일
초판 1쇄 발행 2022년 2월 25일

지은이 함정임
펴낸이 정중모
펴낸곳 도서출판 열림원

출판등록 1980년 5월 19일(제406-2000-000204호)
주소 경기도 파주시 회동길 152
전화 031-955-0700
팩스 031-955-0661
홈페이지 www.yolimwon.com
이메일 editor@yolimwon.com

페이스북 /yolimwon
트위터 @yolimwon
인스타그램 @yolimwon

주간 김현정
편집 조혜영 황우정 최연서
디자인 강희철

마케팅 홍보 김선규 임윤정
온라인사업 서명희
제작 관리 윤준수 이원희 고은정 원보람

글·사진 ⓒ 함정임, 2022

ISBN 979-11-7040-075-2 03810

* 이 저서는 2018년 대한민국 교육부와 한국연구재단의 지원을 받아 수행된 연구임
  (NRF-2018S1A6A4A01036574)